[著] グリゴリ
[ill.] 山椒魚
見捨てられた万能者は、
やがてどん底から
成り上がる②

レイア
雌のグレートキングウルフ。
オークに襲われている
ところをクロードに
助けられた。
クロード
本作の主人公。
超器用貧乏なジョブ
「万能者」である事を
理由にパーティを
追放された。
ナビー
クロードの参謀役の
女の子。元はレベルアップを
告げるだけの概念だったが、
彼に体を与えられた。
五つ子狼
レイアの子供達。
性格も能力もバラバラだが、
みんなお母さんが大好き。

ベロニカ
没落した貴族家の長女。
借金を返済するため
冒険者をしている。
マール
魔の森で出会った
強大な力を持つ女性。
MAIN CHARACTER
登場人物紹介

第一章　迷宮都市ネック編2

クリエール王国最強のSランクパーティ『銀狼の牙《ぎんろうのきば》』を追い出された元荷物持ちの少年、クロード。

しかし、追放の原因となった器用貧乏なジョブ『万能者《ばんのうしゃ》』は、一定の動作を複数回行うとスキルや魔法を習得出来る優れたものだった。

そんなジョブを武器に、クロードはグレートキングウルフのレイアやその子供である五つ子狼たち、レベルアップアナウンスにクロードが体を与えたナビーと一緒に、冒険の旅を進めていた。

冒険者ギルドから泊まっている宿の部屋へ戻ってきたクロードは、まだ夕食まで時間があったため『創造《そうぞう》』――イメージしたスキルを作り出せる能力――でスキルを色々と作った。

「よし、今日は魔力を使いすぎたから『念話《ねんわ》』まで作れなかったけど、仕方ないか。あ～早くレイア達と話してみたいなあ」

クロードが半《なか》ば独り言のように呟《つぶや》くと、レイアが近づいてきてクロードの手をなめてから「わふ～」と首を傾げ鳴いた。

「そうだ、『付与魔法《ふよまほう》』でレイアや子供達に、個人個人の戦闘スタイルに合ったスキルをいくつか付与して戦力を強化するっていうのも良いかもしれないな。まあ、『念話』のスキルをレイア達に付与してからみんなでゆっくりと話し合えば良いかな」

　クロードは直近の予定を決めて一階の食堂に夕食を食べに下りていった。


　一階に下りると食堂では、近くの冒険者ギルドで働く受付嬢——ミレイが食事をしていた。いつもとは様子が違い、何やら参考書のようなものを読みながら夕食を食べている。

　クロードはミレイに声をかけたが、反応はない。

　そこでクロードは黙々と食事をしながら参考書らしきものを読み進めるミレイの肩をポンポンと叩き、再度声をかけた。

「おーい、ミレイ。何をそんなに熱心に読んでいるの。話しかけても反応が全然なかったから相当集中してたみたいだけど、何かあるの？」

「……あら、クロードじゃない。ええ、その通りよ。とは言ってもすぐに何かあるわけじゃなくてね。四年後に私にもチーフ受付嬢になれる資格が発生するから、その時のために今のうちから勉強しておこうと思って。こっちに来てからやり始めたのよ」

「なるほどなぁ……ミレイがチーフ受付嬢か。今はまだあまりピンと来ないけど、チーフ受付嬢になったミレイも見てみたいな。ん、邪魔《じゃま》しちゃ悪いから俺達はあっちのテーブルで食事をする事にするよ。じゃあ頑張《がんば》ってね！」

クロードはミレイの座っている席と少し離れた席に着いて夕食を食べた後、部屋に戻りテントの中の魔道風呂で体にたまった疲れを取ってから眠りに就いた。

＊＊＊

翌日、クロードは少し早めに起きて食堂で朝食を食べた後、今日はどう行動するか部屋で話していた。

「ギルドで頼んでいるモンスターの解体が終わるあさってまで、依頼は受けない事にしたんだけど、みんなは何かやりたい事とかないの」

「はい、はい。私は行ってみたいところがあるんですけど」

「言ってみてよ、ナビー」

「えっとですね。この前ミレイさんが教えてくれた鉱山《こうざん》、あ、アービン鉱山って言うんですけど、私どうしても気になってしまって。この前ギルドでマスターの用事が終わるのを待っていた時に職員の方にアービン鉱山について聞いてみたんです。なんでもアービン鉱山では鉱石の採掘体験が出来るみたいで、それをやってみたいんですよね。掘った鉱石は持ち帰れるようなので、武器や防具を作る際に素材にすればいいんじゃないかと」

というようにナビーはそれはもう熱く、激しく語り始め、その話は十分程続いた。

「な、なるほどなぁ。でも俺は武器や防具なんて作った事もないし無理なんじゃないかな。まあ、今の話を聞いて俺も少しアービン鉱山に行ってみたくなったけどね」

「それでは、アービン鉱山に行って、なるべく珍しくて貴重な鉱石を持って帰りましょう。武器や防具を作るのは、そうですね、『創造』で『武器防具錬成《ぶきぼうぐれんせい》』というスキルを作ってみてはどうでしょうか。そうすれば使う素材次第で凄《すご》い武器や防具が作れると思いますよ。今後の冒険のためにも優れた武器や防具は必要ですからね」

「うん。良いんじゃないかな。よし、今日はアービン鉱山に行って採掘しまくるぞ。善は急げって言うからね。早速準備をしてアービン鉱山に出かけよう」

準備を終えたクロード達は宿を出てアービン鉱山に向かった。


しばらく歩いて、ようやく見えてきたのは鉱山を囲むようにして作られた街だった。

「そうか、鉱山の周りを城壁で囲ってこの辺り一帯を鉱山の街にしているんだ。これはますますアービン鉱山に期待が持てそうだね」

「マスター、どうしてそう思ったんですか？」

ナビーが尋ねると、クロードが頷いて答える。

「それはね。わざわざ鉱山を囲んで街を作ったという事は、それだけこの鉱山から良質な鉱石が出てこの鉱山にたくさんの人が集まったって事だからだよ。そして今でも変わらず街は賑《にぎ》わっている。とすれば鉱脈はまだかれていない。つまり良質な鉱石がまだたくさん眠っているって事なんだ」

ナビーはさらに質問する。

「でもどうして鉱山の周りに街が出来ていたら良質な鉱石が取れるんですか」

「鉄なんかのありふれた金属だけだったら、わざわざ街なんて作る必要はないでしょ。この鉱山の近くには、そう遠くない距離にネックっていう街があるんだからそこから鉱山に通えばいい。けど、そうしないで鉱山の周りに街を作ったのは、鉱山から出てきた鉱石が普通のものだけでなく、希少な金属も出てきたからじゃないかって俺は思うんだよね」

「なるほど。なんとなくですが納得出来ました」

「よし、じゃあ鉱山に入って早いとこ採掘を始めよう」

クロードはナビー達に、自信たっぷりに根拠のない鉱山と街の考察をした後、みんなを連れて街の中へと入っていった。

鉱山の街――アービンに足を踏み入れたクロードは、そのまま真っ直ぐ鉱山の入り口へ向かっていた。

「お、思った通り鍛冶屋《かじや》や武器屋、防具屋がいたるところにあるな。ねえナビー、帰りにちょっと見ていかない？　もしかしたら掘り出し物が見つかるかもしれないよ」

「そうですね。でも私やレイア、子供達のメインの装備はこれからマスターが作るものにしたいです。まあ、今回の採掘で私達の武器に使用するに値する鉱石が見つかるかわかりませんけど。さあ、早く行きましょう」


それから少ししてクロードが鉱山の入り口に着くと、そこには鉱山に入る人の行列が出来ていた。

「これは中に入るまでに一時間くらいかかりそうだね。まあ、気長に待ちますか。こういうのは焦《あせ》ったりイライラしても良い事なんて一つもないからね」

「そうですね。それでは、待っている間にスキル『武器防具錬成』を作ってしまいましょう。今、『武器防具錬成』を作ってしまえば夜には消費した魔力も九割がた回復すると思いますから。寝る前に『念話』を作れると思います。どうでしょうか」

「うん。わかった。じゃあ早速『武器防具錬成』を作るよ」

「はい」

クロードは『創造』を発動し、魔力を消費してスキル『武器防具錬成』を製作した。

スキルが完成した丁度その時、クロードが鉱山に入る番がやってきた。

「お、どうやら俺達の番がそろそろ来るみたいだよ。さて、鉱山の中はどんな感じなのかワクワクしてきたね」

「はい。私もとてもワクワク、ドキドキしています。それに私、どんな鉱石が取れるかもとても楽しみなんですよ」

期待を胸に、クロード達は鉱山の中に入っていった。


鉱山の中はランタンなどによって明かりが確保され、薄暗くはあるがしっかりと辺りを確認出来るようになっていた。

「なるほどな。最低限の明かりは確保されているのか。お、あそこに案内のようなものがあるぞ。みんな、見に行こう」

その案内には、この体験採掘で掘る事の出来る範囲が記されていた。

「なんだ。採掘出来る範囲はそんなに広くないんだな。これはあまり希少な鉱石は取れないかもしれない。でもまあ、鉱石は鉱山だけじゃなくてダンジョンでも取れるから、この鉱山での採掘は予行演習って事で楽しくやろうか。それでなるべく良い鉱石を取って帰ろう」

「そうですね。楽しく掘っていきましょう。幸いネックの街にはダンジョンもありますからね。さあ、マスター、採掘開始ですよ」

クロードは出来るだけ希少な鉱石を獲得するため、鉱山内で自分達が採掘可能な範囲を『マップ』に表示して、その範囲に埋《う》まっている鉱石を『マップ』の検索《けんさく》機能で調べた。

すると、表示されたほとんどが鉄鉱石《てっこうせき》や銅鉱石《どうこうせき》だったが、奥の方に一ヶ所だけミスリルが少量取れるポイントを発見した。

「ナビー、これを見てみて」

「あ、これは、非常に少ないですがミスリル鉱石ですか。でもこんな浅いところにあるなんて珍しい事もあるものですね」

「どうするナビー、このミスリル鉱石、掘って持っていく？　ここまで希少なものだと体験で持っていくのも忍《しの》びないし、見なかった事にして他の人にゆずっちゃう？　まあ、俺としては見なかった事にしても良いかなって思ってるんだけどね」

「でしたら私も見なかった事にしましょう。それに今の私達の力ならダンジョンでも相当深いところまで潜《もぐ》れると思いますから、ミスリル鉱石やもっと希少な鉱石も取れると思います。ですからやはりこのミスリル鉱石は無視しましょう。その代わりにそこら辺に埋まっている鉄鉱石や銅や銀、金の鉱石を採掘しましょうか」

「そうだね」

希少なものを求めていたにもかかわらず、結局クロードは、鉄と銅、金、銀の鉱石をそれぞれ五十個ずつ採掘するにとどめて、ネックの街に帰っていった。

ネックの街に戻ってきたクロードは、そのまま宿の部屋に戻った。

そして先程、待機中に作った『武器防具錬成』の効果を調べるために『鑑定《かんてい》』を『武器防具錬成』にかけた。

武器防具錬成　……素材があればどのような武器や防具も練成する事が出来る（ただし作れる武器や防具はスキルのレベルに依存する）。

武器：レベル１　鉄製の武器
レベル２　？？？
レベル３　？？？
レベル４　？？？

レベル5　？？？
レベル6　？？？
レベル7　？？？
レベル8　？？？
レベル9　？？？
レベル10　？？？

防具：レベル1　Fランク、Eランクのモンスターの革防具
レベル2　？？？
レベル3　？？？
レベル4　？？？
レベル5　？？？
レベル6　？？？
レベル7　？？？
レベル8　？？？
レベル9　？？？

その他、武器や防具だけではなくスキルのレベルが5になるとアクセサリーなども作れるようになるらしいが、スキルのレベルが1のクロードにはまだ何が作れるのかわからなかった。

スキルの詳細を知ったクロードは、ナビーと今後の事について話す。

「どうやらこの『武器防具錬成』っていうスキルは、レベルを一つずつ上げていかないとレベルごとに何が作れるのかわからないみたいなんだよ。だから、『武器防具錬成』のレベルを上げるために練習しようと思うんだ。練習をするための素材を明日取りに行こうと思うんだけど……そ、その、ナビーも手伝ってくれないかな？　出来ればでいいんだけど」

「はあ～、なんですか、言いにくそうにしているから何か大事《おおごと》なのかと思ったら……ええ、良いですよ。全く問題ありません。それで、どのような素材を集めるんですか」

「ああ、武器の素材として金属を考えているから、『マップ』で鉱石を自由に取る事が出来る場所を探すつもりだよ。防具の素材は、街を出たところにある死の森でとりあえずFからAランクまでのモンスターの素材を集めようと思ってるんだ」

「わかりました。明日みんなで行きましょう。その素材で私も武器や防具を作ってもらうわけですし、全面的に協力しますよ。では、この話はこれで終わりにしましょう。色々話し込んでいる間にもうすぐ夕食の時間になりそうですよ。さあ、夕食を食べに一階の食堂に行きましょう」

その後、夕食を食べ終えたクロード達は、部屋に戻るとアイテムボックスからテントを出して中にある魔道風呂にみんなで入って今日の疲れを取った。

風呂を出ると、テントをアイテムボックスにしまってベッドに入る。レイアと子供達はベッドの近くで丸まり、寄り添った。

クロードは『創造』でレイア達に付与するための『念話』スキルを二つ作ってから、眠りに就いた。

＊＊＊

翌日——

早朝に目が覚めたクロードが、朝風呂に入るためにアイテムボックスからテントを取り出して風呂の準備をしていると、レイアが中に入ってきた。

お湯の入っていない浴槽《よくそう》を見ると、早くお湯を入れてというような顔をしてクロードを見つめてきたので、クロードは急いでお湯を張ってレイアと一緒に入る。

レイアと気持ちよく風呂に浸《つ》かってリフレッシュしていると、突然テントの中にナビーと子供達が入ってきて何やらむすっとした顔で、抗議をしてきた。

「マスター、ひどいじゃないですか。私と子供達がまだ寝ているのを良い事にレイアとだけ一緒にお風呂に入るなんて。私達をのけ者にするなんてあんまりです」

「あ、いや、ナビー違うんだ。風呂には一人で入ろうと思ってたんだけど、風呂の準備をしている時にレイアがテントの中に入ってきたからさ。どうしたのかなって思ったら早く風呂にお湯を入れてって顔で近づいてきたものだから……そのまま一緒に風呂に入って、気付いたらまったりしてました」

何故《なぜ》か最後は敬語になったクロードの言葉に、ナビーは渋々《しぶしぶ》といった感じで頷いた。

「なるほど。今回の事はわかりました。ですが今度からこのように朝風呂に入ろうと思った時は私達も誘ってください。まだ寝ていたら起こしても構いませんからね。私達もマスターと一緒にお風呂に入りたいんですから。ちゃんと覚えておいてくださいね。約束ですよ。それとレイア、抜《ぬ》け駆《が》けは厳禁ですからね」

ナビーに釘《くぎ》を刺《さ》されたレイアは風呂の中で耳をたらしうなだれていた。

その後、クロードはみんなでお風呂に入り直して、一階の食堂で朝食を食べた。

朝の八時三十分過ぎに宿を出て『武器防具錬成』の練習のための素材を取りに死の森へと足を向

けた。

死の森に着いたクロードは森の入り口で立ち止まると『マップ』を発動して、まずは森の中にある鉱床《こうしょう》を探す事にした。

「鉱床を探すわけだけど、たぶんそういうのは森の奥に行かないとないと思うんだよね。実際に『マップ』に表示されている範囲には鉱床はないみたいだし。だから死の森の中層の入り口まで行ってみようと思うんだ。みんなもそれで良いかな」

「はい。問題ないですよ。中層まで行く間に出会ったモンスターは出来る限り倒してアイテムボックスにストックしておきましょう」

「うん。その方針で行こう」

中層近くまでやってきたクロードは、また『マップ』を発動して鉱床を探し始めた。

ここまでに倒したモンスターは、ゴブリン百体、ホブゴブリン百五十体、リザードマン五十体、ハイオーク百体、ブラックスパイダー、ミミックそれぞれ三十体。

多種にわたるモンスターを数え切れない程討伐《とうばつ》していた。

しばらくの間『マップ』で鉱床を探していると――

「お、やっぱりこの辺まで来ると少しずつではあるけど、ほとんどが鉄鉱床だな。よし、ここら辺にある鉄鉱床を掘り出してから奥に進もう」

中層の入り口付近にあった五つの鉄鉱床を掘り終えた後、クロードはさらに奥へと進んでいった。

中層ももうすぐ半ばというところまで来た時、ついに鉄だけでなく銀や金、ミスリル、そして少量ではあるがアダマンタイトの鉱床を発見した。

「お、この辺りには鉄じゃない鉱石の鉱床もふんだんにあるし、それに少ないけどアダマンタイトの鉱床もあるじゃないか。よし、今回の鉱石探しはこの辺で終わりにして、今度はC、Bランクのモンスターを積極的に倒して素材を集めよう。まだ太陽の位置からして正午を少し過ぎたくらいだと思うから、あと五時間くらいはモンスターを討伐出来る」

中層を探索《たんさく》し始めてから数分経った時、『マップ』にCランクのモンスターが十体程の群れで行動しているのが表示された。

「よし、早速『マップ』に群れが引っかかったよ。倒しに行こうか」

「マスター、それにしても『マップ』の有効範囲が千メートルだと歩き回りながらモンスターを探さなければなりませんから、少し不便ですよね」

「それは仕方ないよ、ナビー。全方位を表示させる『マップ』を作ろうとしたけど出来なかったたんだから。『マップ』もレベル7になってやっと有効範囲が千メートルだし、それにこの『マップ』のおかげで奇襲や挟み撃ちは俺にはきかないからね。とても助かってるよ」

「はい。『マップ』はとても便利で役に立ちます。しかしマスター、全方位を表示させる『マップ』は作れなかったのではありません。全方位『マップ』は、『マップ』を進化させる事でしか手に入れる事が出来ないのです」

「え、ええ⁉　そうだったの？　じゃあなんで『マップ』を作った時にその事を教えてくれなかったの」

「そ、それは……その、す」

「す……？」

言葉に詰まった様子のナビーを不思議に思い、クロードは首を傾げた。

「すみませんでした。教えるのをうっかり忘れていました」

「え～、ま、まあ、良いけどさ。今度からは気を付けてね」

「は、はい。わかりました。マスター」

クロード達は、そんなどうでもいいやり取りをしながら『マップ』に表示されたCランクモンスターの群れに向かっていった。

数分かけてCランクモンスターの群れが目視出来るところまで到達すると、それらはブラックウルフの群れだとわかった。

「表示されていたのはブラックウルフだったか……ウルフ系のモンスターは肉があまり美味《おい》しくないけど、それ以外は全て武器や防具の素材になるから、特に中堅CランクからBランクの冒険者には人気があるんだよね。それにレイア達とは完璧な別種族だから倒すのにそれ程迷わなくて済むし、俺としてもありがたい。それじゃあ、ブラックウルフには俺の『武器防具錬成』の練習台になってもらおうかな」

クロードは隠れて覗《のぞ》いていた茂みからブラックウルフの群れの前に出る。

お互いが戦闘態勢に入った。

最初にしかけたのはブラックウルフの群れで、クロードは武器を構えたままブラックウルフ達を迎え撃つ形になった。

「みんな、なるべくで良いから素材を傷付けないようにしてブラックウルフを倒してね。でも絶対じゃないから、危ないと思ったらそんな事考えないで倒しちゃって良いよ」

「はい。わかりました。でもそのような縛《しば》りがあった方が戦闘にメリハリが付いて良い訓練になると思いますよ。まあ、無理はしませんけどね」

そう言いながらクロードとナビー、五つ子のうちの一匹ハロが土魔法でブラックウルフ達の足を止めた。

レイアと残りの四匹ボロ、イリア、レイ、リサがブラックウルフ達の首に噛《か》みついたり引っかいたりしながら攻撃して、徐々に群れを倒していった。


開始から数分後、最後の一体を倒して戦闘は終わりを迎えた。

「よし、これが最後のブラックウルフだね。みんな、体もよく動いてたし連携も取れてたね。今回の戦闘で課した、なるべく素材を傷付けないという条件も無事にクリア出来てたし、みんな本当に強くなったよ。それじゃあ、倒したブラックウルフをアイテムボックスにしまって、次のモンスターのところに向かおうか」

ブラックウルフ十体の死体をアイテムボックスにしまい終わったクロードは、また『マップ』を発動して次のモンスターを求めて森の中を探索し始めた。


それから十分程モンスターを探していると『マップ』の端《はし》にBランクのモンスターの反応が現れた。

「お、次はBランクのモンスターか。いったいどんなモンスターなんだろう。とりあえず確認しに行こうか。みんな、行くよ」

「はい。Bランクのモンスターですか。なんだか腕が鳴りますね」

「「「「わふふ、わふ」」」」

そして、今回も目視出来るところまで来て茂みに隠れながら見てみると、そのモンスターは、ドラゴニュートだった。

「げ、ドラゴニュートかぁ。あのモンスターは知能が高い事でも知られている限りなくAランクに近いモンスターなんだよ。みんな、どうする？　今ならまだ引き返せる……」

クロードはそう言いかけたところで言葉を止めた。

「……と思ったけど、どうやらもう引き返すのは無理みたいだね。ドラゴニュートがしっかりこっちを見てるよ。ここにいるのがバレバレだな。戦うしかないかな。みんな、戦闘準備して！　来るよ」

戦闘態勢へと入った瞬間、ドラゴニュートがもの凄い速さでこちらに接近してきた。

クロード達はドラゴニュートの強烈な突進を回避して、距離を一定以上取りつつドラゴニュートを囲むような陣形をとった。

「みんな、各自カバーし合いながら確実にドラゴニュートの体力を削《けず》っていこう」

「はい。わかりました」

「「「「わふ」」」」

ナビー、レイア、五つ子達の返事を聞いたクロードは、早口で作戦を告げる。

「まず、ナビーと子供達は俺とレイアのサポートに回ってくれ。今回の相手のドラゴニュートは、今まで相手にしてきたモンスターとは明らかにレベルが違う。みんなに何かあったら俺は耐えられそうにないからね」

「っ⁉　わ、わかりました」

ナビーは最後の言葉に驚いたように返事をする。

彼女のそんな様子は気にせず、クロードとレイアはナビーと子供達にドラゴニュートを攪乱《かくらん》してもらいつつ、刃を交えた。

「このドラゴニュートは中々しぶといな。レイア、奴を左右から挟み込んで強烈な一撃を叩き込むよ」

「わふ！」

クロードとレイアは、ナビーと子供達の牽制《けんせい》によって集中力を切らしているドラゴニュートの隙《すき》をついて左右から挟み込んだ。

クロードは上級剣術スキルの技である『双牙煉獄斬《そうがれんごくざん》』を、レイアは自分の牙に風の魔力を纏《まと》わせて『風爪牙《ふうそうが》』をそれぞれドラゴニュートに叩き込んだ。

そして、戦闘開始から十分経った頃、流石《さすが》のドラゴニュートも一対多の不利な状況を覆《くつがえ》す事は出来ず、クロード達によって倒された。

「ふう、ドラゴニュート一体倒すのに結構時間がかかってしまったね。さっさと素材をアイテムボックスにしまって次のモンスターを探そう」

その後、多数のCランクとBランクのモンスターを倒したクロードが、ネックの街にそろそろ戻ろうとしていた時、遠くの方から女性の叫び声が聞こえてきた。

クロードは、『マップ』を表示しながら女性の叫び声が聞こえたと思われる方へ急いで向かっていく。

道中、『マップ』の端にCランクモンスターの光点が現れたかと思えば、CランクモンスターやBランクモンスターの光点が『マップ』上に次々に出現。最後にAランクモンスターの光点が一つ現れた。

「ナビー、なんかもの凄くやばそうなモンスターの群れを発見したけど、肝心の叫び声の人が表示されないんだ。一体どうなってるんだ」

「マスター、『マップ』は今モンスターのみ表示されるように設定していますから、人が表示されないのは当然です。早く初期設定に戻してください」

「ああ、わ、わかった」

ナビーの言う通りに『マップ』を初期設定に戻してもう一度確認してみると、モンスターの大群の中に一つだけ別の光点を発見する事が出来た。

「この光点がさっきの叫び声の主《ぬし》かもしれないな。とりあえずここに向かおう。『マップ』を見た限り明らかにモンスターの群れに追われている」

「はい」

「「「「わふっ」」」」

『マップ』に表示された場所に急いで向かい、到着したクロード達。

様子を見てみると、体中傷だらけの人間の女性がオーガの群れの追撃を必死に避けながら逃げている光景があった。

「そうか、Cランクモンスターがオーガで、Bランクモンスターがハイオーガ、そして、あの一番後ろにいるのがAランクモンスターのオーガナイトだったのか」

クロードの呟きに、ナビーが頷く。

「あのメンツだと偵察部隊《ていさつぶたい》の可能性が一番高いですね。たぶんこの近くのどこかにオーガ達の集落か何かがあるはずです。そこにはもっと上のランクの化け物達がうじゃうじゃいるはずですから、そいつらに報告される前に彼女を救出しないとですね」

「なるほどな。確かにそんな上のランクの化け物達に報告されると、あとが面倒くさいな。奴らを倒して彼女を救出したら、速攻でネックの街まで戻ろう」

「そうですね。では、殲滅《せんめつ》しに行きましょう」

「「「「「わふふ」」」」」

クロード達は、襲われている女性を救出するため、オーガの群れに向かって攻撃をしかけていった。

最初の攻撃を群れの最前列にいたオーガ達に浴びせている間に、女性が逃げてくれれば良かったのだが、女性は傷だらけで、ろくに体を動かす事が出来ない状態らしい。

クロードはリサに指示して彼女を後方に下がらせ、彼女の周りに結界魔法で結界を展開して安全を確保。

続けてリサに前線に戻るように指示した。

みんなで最前線にいるオーガ約二十体の首を集中的に攻撃し、バッタバッタと倒していく。そのうち、残りはハイオーガ十体とオーガナイト一体となった。

その時、オーガナイトが何やら指示を出す。

すると、ハイオーガ達がオーガナイトを中心に陣形を変えていき、何か大きい矢印のような陣を形成した。

「なんだあの陣形は……？　攻撃特化型の陣形か何かか？　ん、矢印の傘の部分が開き始めてTの字っぽくなってきたぞ」

「あ、また形を変えました。どうやら変形はこれで終わりのようですね。最終的な形はピラミッド型のようです」

「ああ、あいつらは俺達をあの陣形で押しつぶそうとしているみたいだね。どういう意味があるのかはわからないが……まあ、そう上手くはいかないよ」

そして、この戦闘の第二ラウンドが始まった。

ピラミッド型の陣形を形成してきたオーガナイト達と睨《にら》み合う形となったクロード達は、どう攻めるべきか迷っていた。

「ん～。リーダーのオーガナイトを倒すには、その前に陣取っているハイオーガ達をなんとかしないといけないんだけど……よし！　ちょっと子供達とナビーにとっては厳しい戦いになるかもしれないが、訓練も兼ねてやってみるか。ハイオーガ達を俺が六体、レイアが三体、ナビーと子供達が一体倒す事にしよう。その間、オーガナイトには俺の張る結界の中で大人しくしていてもらおう。あ、そうだ『鑑定』してあいつらの強さも調べておくかな」

クロードはそう言うと、早速結界魔法を放ちオーガナイトを結界の中に閉じ込める。その後、ハイオーガ十体とオーガナイトに『鑑定』を使った。

【名　前】
【種　族】ハイオーガ
【称　号】Ｂランクモンスター
【レベル】（２５／１００）
【能力値】
体　力　７５００　魔　力　４１５０
攻撃力　８２６０　防御力　８９１０
魔　攻　３１２０　魔　防　３７４０
素早さ　３３１０　器用さ　２９２０
魅　力　１００（オーガ相手の場合３０００）

【名　前】
【種　族】オーガナイト
【称　号】Ａランクモンスター
【レベル】（１０／１００）

【能力値】
体力　１４０００　魔力　８９５０
攻撃力　１９９５０　防御力　２０５００
魔攻　９５００　魔防　９８５０
素早さ　７９００　器用さ　８８００
魅力　２５０（オーガ相手の場合７０００）

「結界があるから、ハイオーガとの戦闘中にオーガナイトに邪魔される心配はなくなった。それにしても、どいつもこいつも子供達には少しきついかもな……でも、気を緩《ゆる》めたりしなければ問題なく立ち回れるだろう」

そこまで確認したクロードは、ナビー達に告げる。

「俺の結界でオーガナイトを閉じ込めておける時間は十五分が限界だ。ハイオーガを倒すのにあまり時間をかけないようにね。頼むよ」

まず、動き出したのはレイアだった。

レイアは、自分が担当するハイオーガ三体にそれぞれ体当たりして、陣から離れた場所に吹っ飛ばした。

自分が自由に動ける狩場を作り出して、ハイオーガ三体を自慢のスピードで翻弄《ほんろう》し始めた。

ナビーと子供達は、ナビーが支援補助魔法で子供達の全ステータスを底上げした後、自身も強化し、魔法を使えるナビーとイリア、レイ、ハロでハイオーガを妨害する。

ハイオーガに隙が生じるとボロとリサが攻撃をしかけるといった戦い方で、少しずつハイオーガの体力を削っていった。

クロードはハイオーガ六体を引きつけて、レイアと同じように陣の中心から少し離れた場所でお互いに睨み合っていた。

剣を構えたクロードは、六体いるハイオーガのうちの一体に切りかかる。

すると、そのハイオーガを守るためなのか、他のハイオーガが前に出てきてクロードが切りかかったハイオーガを庇《かば》う。

ハイオーガ達の行動に驚いて、クロードの剣の軌道《きどう》が狂った。

「し、しまった。ずれたか……もっとスピードを上げて奴らに防御する隙を与えないようにしないとな」

クロードは『支援補助魔法（極）』で自分に『速度上昇（極）』をかけて、移動速度を今までの約三倍にしてから、もう一度ハイオーガ達に切りかかっていった。

今度はクロードのスピードについていけず、ハイオーガ達は首筋を剣で切られて倒れていく。

いつの間にか、残りのハイオーガは二体となっていた。


一方その頃、ナビーと子供達は、ハイオーガ一体を相手に善戦していた。

「レイ、ハイオーガの顔めがけて『ファイアボール』を何発か撃ち込んでもらえる？　ハイオーガの目をつぶして、みんなで切り込みましょう」

「わふ～」

ナビーの合図で、レイがハイオーガの顔めがけて『ファイアボール』を十発撃ち込んだ。

ハイオーガの目がくらんでいる隙にナビーと子供達は、体のあちこちを切り刻み、引き裂いてハイオーガを絶命させた。


レイアはハイオーガ三体を相手に中級風魔法の『ウィンドストーム』を発動した。三体のハイオーガを怯《ひる》ませて、スキル『光速』で一瞬でそのうちの一体に近づく。

首筋を切り裂き絶命させると、まだ動く事が出来ず横並びに突っ立っている残り二体のハイオーガに接近。

両前脚にマグマのような真っ赤な魔力を纏わせて、二体のハイオーガを引き裂いた。

クロードも残り二体となったハイオーガの体力を確実に削っていた。

「お、みんな、もう終わったみたいだな。じゃあ、俺もそろそろ終わらせようかな」

クロードはハイオーガをわざとあおるような事を言いながら、自分の数メートル前方に下級雷魔法の『エレキトラップ』をしかけた。

ハイオーガ二体は人間の言葉の意味を理解する事が出来るのか、雄叫《おたけ》びを上げながら突っ込んできた。

「その突進は俺にとってはありがたい行動なんだけどね。君達はそこまで頭が良くないみたいだから、そんな事はわからないかな」

今のクロードの言葉でますます怒ったハイオーガ達は、血走った目を彼に向けながらそのまま駆けてきた。

しかし、クロードがしかけていた『エレキトラップ』に見事引っかかり数秒ではあるが痺《しび》れて動けなくなってしまう。

クロードはその隙を見逃さずに、身動きが取れなくなっている二体のハイオーガに素早く近づき中級剣術『疾風切り《はやてぎり》』で首を中心に切り刻んで倒した。

「はあ～、このハイオーガの知能がそこまで高くなくてよかった。もし、少しでも考える力があればあのトラップには引っかからなかったかもしれないからな」

そう呟きながら、仲間のもとへ向かった。


クロードがオーガナイトを結界で閉じ込めている場所へ戻ってくると、ナビーと子供達、レイアは既に集まっていた。

「みんな、早いな。やっぱり実力が上がってきているね……さてと、あとは、あそこの結界の中で暴れているオーガナイトだけだけど、もうすぐ結界が壊れそうだね」

オーガナイトを覆っている結界を見てみると盛大に揺らいでいた。

「あと一分もつかってところかな。みんな、今のうちにヒールポーションとマナポーションを飲んで体力と魔力を回復しておいて。万全の状態で奴を迎え撃とう」

そう言ってアイテムボックスからヒールポーションとマナポーションを取り出した。

クロードとナビーが飲んだあと、手分けしてレイアと子供達にも飲ませて、体力を回復させ、オーガナイトとの戦闘に備えた。

その直後、オーガナイトはクロードの張った結界を破壊して外に出てきた。

「とうとう出てきたか。こいつは中々強いよ。まだレベル10なのに既にステータスが結構高かったし、油断していると簡単に足をすくわれかねない。みんな、十分に注意してオーガナイトの対応にあたってね」

クロード達が戦闘態勢に入ると、オーガナイトもでかい剣と盾を構えてゆっくりと前進してきた。

「ナビーと子供達はオーガナイトの左右から攻撃をしかけて。俺とレイアはオーガナイトの前後から挟み撃ちだ」

「はい」

「「「「わふ」」」」

クロード達はオーガナイトを前後左右から挟み込むような位置にそれぞれつくと、一斉に攻撃をしかけていった。

向こうの攻撃に当たらないように素早く動いて回避しながら、オーガナイトに攻撃を当てていき、少しずつダメージを与えていく。

やがてオーガナイトはクロード達の攻撃に耐える事が出来なくなり、膝を地につけた。

「よし、今がチャンスだ。一気にたたみかけるよ」

クロードがみんなにそう言ってオーガナイトに総攻撃をしかけようとした時――

オーガナイトがいきなり雄叫びを上げて立ち上がり、その体の表面に赤いもやのようなものが浮かび始めた。

「な、なんだ⁉　急にオーガナイトから感じられるオーラが膨《ふく》れ上がったような気がするんだけど、どうなっているんだ……」

クロードが急いでオーガナイトを鑑定してみると、ステータスの攻撃力と魔攻が一・五倍に上がっていた。

【名　前】オーガナイト
【種　族】Aランクモンスター
【称　号】（10／100）
【レベル】
【能力値】
体　力　1200／14000　魔　力　8950
攻撃力　29925　防御力　20500
魔　攻　14250　魔　防　9850
素早さ　7900　器用さ　8800
魅　力　250（オーガ相手の場合7000）

【ユニークスキル】

不屈（１／１０）

「みんな、あいつの攻撃をまともに受けるんじゃないぞ。当たったら最後、即死するレベルまで攻撃力が爆上がりしてるからね」

クロード達は今度こそオーガナイトをしとめるために、一斉に自身の大技をオーガナイト目がけて放った。

オーガナイトは、ナビーの放った中級剣術『陽炎《かげろう》』とボロとリサがこの戦いで新しく覚えた『双爪』を大盾と大剣でなんとか防いだ。

だが、クロードの上級剣術『雷光一閃《らいこういっせん》』とレイアの『獄炎爪《ごくえんそう》』、そしてイリア、レイ、ハロが放った『火爪』『風爪』『土爪』は防ぐ事が出来ず盛大に散っていった。


その後、クロードは後方で結界を張って待機してもらっていた女性のもとへ行き結界を解くと、ヒールポーションを渡して体力を回復させた。

「あ、あの、助けてくれてありがとう。あ、あたいはベロニカって言うんだ、よろしくな」

「俺はクロードって言います。こっちの子がナビーで、こっちのグレートキングウルフとグレートウルフは俺の従魔でレイア、ボロ、イリア、レイ、ハロ、リサって言います。一応ヒールポーションは飲んでもらいましたけど、体の調子とかはどうですか」

「う、うん。問題ないみたいだ」

ベロニカは自身の赤い髪と同じくらいに頬を赤くしながら自分の体を調べて、問題ない事を確認していた。

「そうですか。では、もう時間も遅くなってしまっているので、急いで街まで戻りましょう。急げば閉門の時間に間に合うかもしれませんからね」

急ぎ足で街まで戻ったクロード達とベロニカは、ぎりぎり閉門時間に間に合って中に入る事が出来たのだった。


城門前でベロニカと別れたクロードは宿で夕食を食べると部屋に戻り、今日の分の『念話』スキルを作って眠りに就いた。

＊＊＊

次の日――

ナビーとレイア、子供達はネックの街を散策に行き、クロードは宿の部屋にこもり残り二つの『念話』スキルを作った。

その後、ユニークスキル『全属性魔法』の空間魔法で亜空間を作り、そこで『武器防具錬成』の練習をもくもくとこなした。


そして、夜。

クロードは夕食を食べ終えて部屋に戻ると、告げる。

「みんな、ついに全員分の『念話』スキルが完成したよ。今からレイアと子供達に順番に付与していくからね」

そう言ってクロードはレイアと子供達に『念話』のスキルを付与していった。

レイアとその子供達は、とても嬉しそうに付与してもらったばかりの『念話』でたどたどしく話す。

『あ、り、が、と、う』

『『『『う、れ、し、い』』』』

それに対してクロードは、レイアと子供達を力いっぱい抱きしめた。

ナビーはその光景を見ながら瞳に涙をためていた。

閑話4

クロードがパーティを追われてから一ヶ月後の頃までさかのぼる――

迷宮都市ゴルドを目指す『銀狼《ぎんろう》の牙《きば》』のメンバー。その手前の街イグラへの道中、盗賊《とうぞく》を討伐した彼らはイグラに着いた後、上機嫌でギルドの中へと入った。

リーダーのシリウスは空いている受付カウンターに行き、依頼完了の判が押してある依頼書をカウンターの上に置いた。

「はい。護衛依頼お疲れさまでした。こちらが達成報酬の金貨一枚と大銀貨五十枚となります。どうぞお納めください」

「はん、ちょろまかしたりしたら許さねえからな。ほら、さっさとその報奨金の入った麻袋を渡しな」

シリウスが報奨金の入った麻袋を強引にひったくって取り上げると、アレックスを除く『銀狼の牙』のメンバーは、さっさとギルドを出て今夜泊まる宿を探しに行ってしまった。

一人残されたアレックスは、自分達を担当してくれた受付嬢にシリウスがひどい態度をとった事を謝罪した。

ちなみに彼はクロードが『銀狼の牙』を抜けた後に加入した『大魔導士《だいまどうし》』だ。パーティに入ったはいいものの、シリウスのあまりの横暴さに嫌気が差している頃だった。

「シリウスがひどい態度をとってしまい申し訳なかったね。依頼の失敗が続いていて、しばらくの間、Bランクの依頼しか受けられなくなってしまったんだ。それで彼は少し気が立っててね。どうか許してやってくれ。じゃあ、私もこれで失礼するよ」

アレックスはシリウスの事を弁解して謝罪した後、『銀狼の牙』のメンバーを追って急いでギルドを出ていった。


ギルドを出ると、シリウス達が曲がった道に小走りで進んでいく。少し先にシリウス達を発見し合流すると、アレックスはシリウスに注意した。

「シリウス、先程の受付嬢に対する態度はなんですか。私達は冒険者ギルドに依頼をもらっている立場なんですよ。あんな態度を取ったら私達の評判がますます悪くなるではないですか。あなたは一体何を考えているんですか」

「はあ~お前、何言ってんの。あんまり俺様にたてつくとアレックス、お前もあの役立たずでくずのクロードみたいにクビにして追放するぞ。良いのかそれで？　お前の俺様に対する態度はそれで良いのかって聞いてんだよ！」

シリウスにそう言われたアレックスは、それ以上何も言う事が出来なかった。

「ははは、それで良いんだ。次また俺様にたてついたら、今度こそ追放してやるからせいぜい逆らわずに大人しくしておく事だな。はははは」

シリウスはそう言うと、アレックス以外のパーティメンバーとしゃべりながら、今夜泊まる宿を探し始めた。

宿を見つけるまでの間、アレックスは何かを真剣に考えるように俯《うつむ》きながらシリウス達の後ろを歩き、今夜泊まる宿に着く頃にようやく顔を上げる。

その顔は何かを決意した表情だった。

宿の中に入ったシリウス達『銀狼の牙』のメンバーは、早速受付に行って人数分の部屋を頼む。

シリウスは受付をしていた女性から部屋の鍵をふんだくって、ずかずかと部屋へと向かっていった。

「はあ～、すみません。彼は今、機嫌が悪いみたいなんですよ。ですので、あまり気にしないでくださいね。それじゃ、五人分でいくらになりますか」

「あ、はい。えっと、一泊、五人分、夕食付きで十万メルになります」

アレックスは自分の巾着袋《きんちゃくぶくろ》から銀貨を取り出して受付をしている女性に渡した。

「はい。丁度いただきます。ごゆっくりおくつろぎください。夕食は二時間後の七時から九時までとなっておりますので、それまでにこの一階の食堂でお食事をなさってください。お連れの方には……」

「ああ、大丈夫ですよ。私の方から伝えておきますからお気になさらないでください。では、私も部屋に行きますね」

アレックスは二階に上がると、まっさきに夕食の事を伝えるためにシリウスの部屋へと行き、ノックして入った。

シリウスの部屋にはアレックス以外のパーティメンバーがそろっていたが、アレックスはその事を気にせずに報告した。

「夕食は二時間後の七時から九時までで、その間にここの一階の食堂で食事をとってほしいとの事でした。ちゃんと伝えましたからね。私は自分の部屋へ戻ります。あ、宿泊料金は私が自分のお金で払っておきましたから、あとでパーティ費用の中から宿泊料金分をいただきますね。では、これで失礼します」

アレックスは早口にそう言って、シリウスの部屋を出ていった。

アレックスがシリウスの部屋から出ていった後、シリウスと他のパーティメンバー達は密談をしていた。

「あいつ、俺様のパーティにはもういらないな。あいつがいると俺様がこのSランクパーティ『銀狼の牙』で思うようにふるまう事が出来ない。ゴルドに着いたらすぐにクビにして追放しちまおう。お前らもそれで良いよな」

アイリ、マルティ、そしてクロードと幼馴染で彼からはケイ姉《ねえ》と呼ばれているケイトは、その言葉に答える。

「うん。良いんじゃないかな。私は、アレックスが少しシリウスに意見しすぎかなって思ってたんだよね。丁度良いし、クビにして追放しようよ。マルティはどう思う」

「ええ、わたくしも異存ありませんわ。あの方もこの辺りが潮時でしょう。それにゴルドに着いたら新しいタンク役の方も見つかるでしょうし、攻撃魔法職の方は二人もいりませんわ。ケイトさんはどう思っているんですの」

「そうだな。私は、いてもいなくてもどちらでも良いと思っている。私はあいつにそもそも興味がないからな」

彼女達はシリウスの能力『魅了《みりょう》の魔眼《まがん》』にかかっており、自分の意思で動いていない。

その答えに満足そうな表情を浮かべたシリウスは、頷いて言う。

「そうか、ならこの話はアレックスを追放するって事で決着な。じゃあお前ら、もう自分の部屋に帰って良いぞ」

シリウスは三人を部屋に帰した後、一人でぶつぶつと呟いていた。

「ふふ、ははは、このままジョブレベルと俺様自身のレベルを上げていけば、最強の勇者にすら迫る強さを手に入れられるはずだ。そしたら魔王をさっさとぶっ殺してクリエール王国の王女と結婚しいずれは国王になる」

彼の独り言は続く。

「邪魔な勇者は俺様の『魅了の魔眼』を使えばどのようにでも処理出来るし、ケイトとアイリ、マルティは魔王を倒すまでこき使ってやる。その後、まだ使いものになるならお情けで俺様の側室にでもしてやるかな。いや、あんな田舎娘《いなかむすめ》なんて飽きたらさっさと捨てるに限るな。こじらせると後々面倒だし」

そう言った後に、シリウスは考える。

（アレックスには、あの役立たずのクロードを追放したのはパーティ内の女達を全員自分の物にするためと言ってあったな。実はあの三人にひどい事を言われて絶望した顔のクロードを追放したかったから、わざわざ田舎者の三人に『魅了の魔眼』までかけて遊んでた……なんて知ったらア

レックスの奴、どんな顔をするのか。考えただけで興奮してくるぜ）
シリウスは頭の中で妄想《もうそう》しながら、自分の部屋のベッドで夕食の時間までくつろいだ。

しばらくベッドで休息した後、シリウスは部屋を出て一階にある食堂へ向かった。既に自分以外の『銀狼の牙』のメンバーはそろっている。シリウスが来るのを待っていたのだが、アレックスだけが少し離れた席で夕食を食べ始めていた。

シリウスはアレックスに噛みつく。

「アレックス、なんでお前だけ先に夕食を食べているんだ。お前以外の奴は食べないで俺様の事を待っているんだから、お前も一緒に待つべきだろ。俺様はこのパーティのリーダーなんだからよ。おい、なんとか言ったらどうなんだ」

「……ええ、じゃあ言わせてもらいますが、私は言いましたよね。この宿の夕食の時間は午後七時から午後九時までだと。確かにあなたに伝えました。さて、今の時刻は何時なんでしょうね。言ってみなさい」

シリウスは食堂の時計を確認する。

「う、午後九時四十分だ……」

「そうです。夕食を食べられる最終の時間である午後九時を四十分も過ぎているわけです。当然、四十分も時間を過ぎているのですから厨房《ちゅうぼう》は既に閉じています。もう夕食を作る事は出来ませんよ。私は九時になる前に夕食を作ってもらいましたけどね。それで、あなた達はどうするんですか？彼女達はシリウス、あなたを待っていたせいでもう夕食を食べられないわけですが」

アレックスの言葉に、シリウスは反論する。

「なんで俺様が飯を食えないんだよ！　おかしいだろ、そんなの。大体なんで時間になる前に呼びに来なかったんだ？　お前らのうち誰かが呼びに来ていれば、俺様は今頃とっくにここで飯を食ってたってのによ」

「いったい何を甘えた事を言っているんですか。原因はあなたが時間を守らなかった事でしょう」

アレックスは呆れたような表情を浮かべて、さらに言う。

「あなたは今までにも約束の時間に遅れる事が多々ありました。あなた、自分がこのパーティのリーダーだという自覚を持っているんですか？　あなたのこれまでの振る舞いを見ている限り、とてもリーダーの自覚があるようには思えませんね」

そう言ったアレックスは夕食を食べ終えて席を立つ。

自分の部屋に向かうために階段を上がろうとしたが、一度立ち止まりシリウス達の方を振り返って告げた。

「ですが、明日のゴルドまでの道中で『昨日夕食を抜いたから力が入らなくて戦えない』なんて口実で、戦闘を全て私に押し付けられても困ります。作り置きしてあった野菜のキッシュと少し冷めてぬるくなったスープ、それと黒パンを用意してもらっていますので食べてください。彼女達は能力のせいであなたに文句など一切言えない状態ですから、責められなくて良かったですね。では、私はこれで失礼しますよ」

今度こそアレックスは自分の部屋へと戻っていった。

その後、食堂に残ったシリウス達のもとに、厨房に控《ひか》えていた従業員が作り置きしてあった人数分の食事を持ってやってきてテーブルに置くと、そそくさと下がっていった。

シリウスはテーブルに置かれた料理をもそもそと食べながら、アレックスや料理についてぼろ糞《くそ》に文句を言う。

それでもしっかりと食べて自分達の部屋へと戻った。

シリウスは自分の部屋のベッドで一人怒りに震えていた。

「なんなんだアレックスの奴。事あるごとにいちいち注意、注意……あいつは小言が多すぎるんだよ。あああ、もう頭に来た。ゴルドに着いたら速攻であいつをクビにしてやる。あ、そうだ、アレックスの奴を追放したら、去り際にクロードを追放した時の真相を教えてやるかな。良いな、そうしよう」

ゴルドに着いてからの事を色々と考えながら、シリウスは眠りに就いた。

＊＊＊

翌日――

朝の八時三十分に起きたシリウス達『銀狼の牙』のメンバーは、今度はしっかり朝食を食べて宿をチェックアウトした。

イグラの街を出発する前に、衛兵の詰め所に足を向け、昨日捕まえた盗賊の懸賞金を受け取りにいった。

「おう、そこの衛兵、昨日俺様が捕らえた盗賊達の懸賞金を受け取りに来てやったぞ。さあ、さっさと渡せ。俺様は忙しいんだ」

「は？　ああ、昨日の盗賊の件の……ちょっと待ってな」

衛兵はシリウスにそう言うと詰め所の中に入っていき、小さな麻袋を持って戻ってきた。

「ほらよ。これが昨日お前達が捕らえてきた盗賊達の懸賞金だ。受け取りな」

シリウスが小さな麻袋の中身を確認すると、中には銅貨が九枚しか入っていなかった。

「なんだこれは。なんでたった九千メルしか入ってないんだよ。盗賊の幹部全員を捕らえたんだぞ。

どう考えてもおかしいじゃねえかよ」

「いいや、この金額で間違いない。お前達が捕らえてきた盗賊団はつい最近出来たばかりの新参者でな。まだ、目立った被害も出てなかったから賞金首が一人もいなかったんだよ。というわけでこの金額だ」

「な、そ、そんな馬鹿な……そんな馬鹿な事があって良いはずがない」

この盗賊達の懸賞金で大金を得られると思っていたシリウスは、しばらくの間、放心状態となった。

その後、しばらくしても回復しないシリウスを連れて『銀狼の牙』の面々は、イグラの街を出発。迷宮都市ゴルドへと向かっていった。


イグラから迷宮都市ゴルドまでは徒歩でだいたい半日と少しの距離がある。

シリウス達はイグラから迷宮都市ゴルドの半分あたりまで来ていた。

「くそ、俺様の計画が狂ったじゃないか。まさか、あの盗賊達の懸賞金があそこまで低いとは。だがまあ良い、俺様達がこれから行くのは迷宮都市ゴルドだからな」

シリウスがそう言うのには理由があった。

「ゴルドにはダンジョンがある。ダンジョンに潜って、あの盗賊達の懸賞金で得るはずだった金額の穴埋《あなう》めとさらなる資金を調達する。その金でもっと強い装備を整えようじゃないか。そして、王都へ戻り勇者の仲間となって、本格的に魔王軍討伐に取り組もう」

それからさらに数時間歩き続けて、ようやくシリウス達は迷宮都市ゴルドに到着した。

シリウスは冒険者ギルドに寄ってどんな依頼があるか依頼ボードを確認した後、早速アレックスを追放するために動いた。

「アレックス、ゴルドに着いて早々悪いんだが、お前……俺様のパーティから出ていってくれないか。小言がうるさくて俺様は凄くうんざりしてるんだよ。ぶっちゃけ邪魔なんだ。こいつらとも話してみんなで決めた事だから、もう覆ったりしない。じゃあな」

シリウスは自分の言いたい事だけ言って、パーティメンバーを連れとっととギルドから去っていった。


「はあ～、やっと解放されましたよ。彼らと一緒にいたのはだいたい一年くらいでしょうか。短いようで長かったですね。さて、今まであった事を報告書にまとめて局長に提出しないといけませんね。まずは、王都に帰りますか」

アレックスはそう言うと王都へ向かうため、今来た道を戻ろうとした。

すると、去っていったはずのシリウスがこちらに戻ってきてアレックスに近づき、こう告げた。

「ようアレックス、さっき伝え忘れてた事があった」

「伝え忘れた事ってなんですか」

「ああ、お前がパーティに加入する前に酒場で話した事があったろ。あの時話したクロードを追放するに至った理由な、本当は少し違うんだ」

「……違うってどういう事ですか」

アレックスが尋ねると、シリウスはにやっと笑った。

「女どもを俺様のものにしたいんじゃあない。あの三人にひどい事を言われて絶望し、どん底に落ちたクロードを笑ってやった後に追放したかったんだよ。わざわざ田舎者の三人に『魅了の魔眼』までかけて遊んでやったりしてな。つまり、クロードをどん底に落として追放するためだけにケイトとアイリ、マルティに『魅了の魔眼』をかけたんだ」

「じゃあ、あなたは、彼女達を愛していないんですか。愛してもいないのにクロードさんをあざ笑うためだけにあんな事を彼女達にしたと言うんですか？　あなたという人はどこまで……」

「ああ、そうだよ。じゃあ、伝える事は伝えたから俺様はもう行くぜ。じゃあな」

シリウスはそう言うと、今度こそその場から去っていった。

アレックスは拳を強く握りながら、怒りの形相で姿が見えなくなるまでシリウスを見つめ続けていた。

しばらくしてアレックスは深呼吸をすると、王都に帰るためにゴルドを出た。

クロードが新緑の森でレイアと出会った頃だった。

第二章　Bランクダンジョン『獣《けもの》の系譜《けいふ》』攻略編

昨日はレイアと子供達が覚えたての『念話』スキルでクロードに礼を言ってきたので、クロードは感極まって泣いてしまった。

涙を流しながらレイアと子供達を抱きしめるクロードを見て、ナビーもその輪に加わり、そのままベッドで寝ていた。

翌朝、上半身を起こして自分の周りを確認してみると、クロードの隣ではナビーが気持ち良さそうな寝息を立てている。レイアや子供達は、ベッドの周りでお腹をさらして眠りこけていた。

「ははは、昨日は色んなモンスターを相手にしていたからね。疲れてぐっすり寝ちゃうのも仕方ない……おっと、もう正午を過ぎているじゃないか。だいぶ寝過ごしたな」

時計を確認したクロードは今日の予定を考える。

「みんなを起こして軽食を取ったら、この前買取をお願いしていたモンスターの買取金を受け取りにギルドに行くかな」

クロードはベッドを出てナビーとレイア、子供達を起こす。

アイテムボックスから買い置きしておいた串焼きと、作り置きの野菜炒めをテーブルに取り出すと、みんなで料理を食べてからギルドに向かった。


ギルドに到着して中に入ると、ミレイが受付をしている列に並ぶ。

五分後にクロード達の番がやってきた。

「はい、次の方……ってクロードじゃない。あ、買取金を受け取りに来たのね。ちょっと待ってて。今、持ってくるから」

そう言うと、ミレイはカウンターの奥へと下がっていった。

ミレイが戻ってくるまで受付前で待っていると、酒場の席で冒険者が話している内容が聞こえてきた。

「おい、聞いたか。最近各国で選定された勇者パーティ候補が旅先で大けがして再起不能になったり、殺されたりする事件が起きてるみたいなんだ。それで、各国はなんらかの対策を取るみたいだ。このクリエール王国も噂《うわさ》じゃあ、密《ひそ》かに勇者パーティ候補の周辺を監視するために王国の諜報《ちょうほう》部隊の精鋭『カラス』を放ったって話だ。世の中もどんどんきな臭くなってきたな」

クロードが酒場の席で話している冒険者達に聞き耳を立てていると、ミレイが麻袋を持ってカウンターに戻ってきた。

「お待たせ。ほい、これが今回のモンスターの買取金ね。えっと、オークが六十三体にハイオークが三十七体、オークナイトが二十九体、オークメイジが二十体、オークジェネラルが一体で、合計四百八十五万八千五十メルだね。一応ちゃんと入っているか確認してくれる？」

「ああ、わかった」

クロードが麻袋の中を確認すると、一枚の狂いもなく告げられた金額が入っていた。

「大丈夫みたいだね。そういえばさ、さっき冒険者の人が話してるのを聞いたんだけど、最近各国の勇者パーティ候補の周りで色々と事件が起きてるみたいだね。ミレイは何か知らないかな」

「私もその冒険者が話してたっていう噂話しか知らないわね。役に立てなくてごめんなさい」

ミレイは顔を曇らせながらクロードに謝った。

クロードは首を横に振る。

「いいや、別にそこまでの事では……だいたいミレイが悪いわけじゃないんだしさ。だからほら、そんなに落ち込まないで」

「うん。わかったわ」

クロードがカウンターでミレイと話していると、隣のカウンターで女の冒険者と受付嬢が言い争いをし始めた。

隣の受付カウンターをちらっと見る。

「なんであたい一人でこのダンジョンに行っちゃダメなんだ。Cランクのダンジョンなんだから問題ないだろ。あたいはCランクの冒険者だぞ」

「だからさっきも言ったじゃないですか。たとえ最低難度のダンジョンだったとしても、ダンジョンの中に入る事が出来るのはCランク以上の冒険者パーティなのです。ですので、たとえベロニカさん、あなたがCランクの冒険者でも一人でこのダンジョンに行かせる事は出来ません。もしそれでも行きたいのであれば、他にあなたと一緒に行ってくれる冒険者の方を見つけてください。その方と臨時でもパーティを組んでいただければ、ダンジョンに入るための仮のライセンスを発行いたします」

「くっ、一緒にダンジョンに潜ってくれる冒険者なんて、そんなにすぐに見つかるわけないじゃないか。あたいにはもう時間がないんだ。あたいはどうしても五千万メル集めないといけないんだよ。こんな大金、地道に依頼をこなしてるだけじゃあ、あと二年で集まるわけがないじゃないか」

女冒険者――ベロニカと受付嬢の口論を隣のカウンターで聞いていたクロードは、後ろで控えていたナビーとレイア、子供達と頷き合った。

ベロニカと受付嬢に話しかける。

「あの、俺達でよければ一緒にダンジョンに潜りましょうか」

突然聞こえてきた言葉に驚いたベロニカがクロードを見る。

「え、あ、あなたは昨日の……」

「ええ、昨日ぶりですね、ベロニカさん。クロードです。あ、後ろにみんなもいますよ。一緒にダンジョンに潜るのはみんなの総意ですので気にしなくて良いです。受付嬢さん、俺達と一緒に潜るのであれば問題ないですよね」

「えっと、あなた達は……？」

受付嬢が訝《いぶか》しげに聞くと、クロードの代わりにミレイが紹介した。

「ルーシーさん、彼はBランク冒険者のクロード君。隣の彼女がナビーさん、Cランク冒険者よ。そして、彼らの後ろで控えているのはクロード君の従魔で、レイアちゃんとレイアちゃんの子供のボロ君、イリアちゃん、レイちゃん、ハロ君、リサちゃんよ。えっと、パーティランクはBランクね」

クロードは最後の言葉を聞いて、驚きの表情を浮かべる。

「え、ミレイ、俺達はいつBランクパーティになったの？　全然、聞いてないんだけど」

「あ、そういえば……あなた達が、いちいちぶっ飛んだ結果や成績を叩き出すから驚きすぎて、つい伝え忘れてたわ。ごめん」

「まあ、良いけどさ。というわけで受付嬢さん、俺達も一緒に潜るから、彼女がダンジョンに入るのは問題ないですよね」

「ええ、Bランクパーティの方なら問題ないでしょう」

「だってさ。良かったね、ベロニカさん」

クロードが言うと、彼女は少し頬を赤くしてコクッと頷いた。

「あ、でも事情は簡単にでも良いから聞かせてもらうよ。あっちの酒場で話そうか」

「…………うん」

そして、クロード達はギルドに併設されている酒場に場所を移し、ベロニカから事情を聞かせてもらう事になった。


ベロニカの説明によると、彼女の家は名家なのだが、対立している家にはめられて五千万メルという多額の借金を背負ってしまったらしい。

その返済期限が二年後に迫ってきているとの事だった。

ベロニカはその借金を返済するため、十五歳から冒険者として活動して資金を集めているようだった。

ちなみに、ベロニカの親兄弟もそれぞれ仕事をして資金を稼いでいるという。

話を聞き終わったクロードは頷いて、一つ尋ねる。

「なるほどね。それで、今あなたと親兄弟で集めた資金はどのくらいなんですか」

「えっと、九百三十万メルだよ。生活費とかを引くとあまり残らなくてな。三年でやっとここまで集まったけど……言ってしまえば三年かかって半分も集まってないんだ。あと二年で四千万メル以上も稼がないといけないなんて……あたいは一体どうしたらいいんだ」

「なるほど。必要な資金はあと四千七十万メルという事ですね」

クロードが確認するように聞くと、ベロニカは頷く。

「ああ、そうだ」

「わかりました。今日、俺達は少し予定があるので、ダンジョンに潜るのは明日からにしましょう。明日の午前十時にギルド前で待ち合わせでどうでしょうか」

「ああ、あたいはそれで構わない。一緒にダンジョンに潜ってもらえるだけでありがたいからな」

「いいえ、そんなに気にしないでください。俺達も、近々ダンジョンに潜ろうと思ってたところだったんですよ。それじゃあ、また明日」

「ああ、明日はよろしく頼む」

そして、クロードはギルドをあとにした。


ベロニカとギルドで別れたクロードは、宿に戻った。

ナビーとレイア、子供達は部屋でくつろいでいる。

クロードはナビーに夕食の時間になったら呼んでくれと頼み、亜空間を開いて中に入った。

亜空間の中に引きこもり、延々と『武器防具錬成』のスキルレベルを上げるために練習し続けたのだ。

しばらくしてナビーに呼ばれたので、『武器防具錬成』の練習を切り上げて、一階の食堂に夕食を食べに下りていった。


食堂ではミレイが一人で夕食を食べていたので、同席させてもらった。

ミレイがクロードに話しかける。

「クロード、あなたベロニカさんといつ知り合ったのよ」

ミレイがぶっきらぼうにそう聞いてきたので、クロードは昨日あった事を包み隠さず話した。

「へえ、そんな事があったんだ。彼女よく生きてたわね。Cランクの冒険者が一人でオーガの群れ、しかもオーガナイトみたいな上位種がいる群れにあったら普通は無事じゃすまないのに。その場面にあなたが出くわしたのはある意味奇跡ね」

「確かにそうかもね。あの出来事でベロニカさんとの縁が出来たわけだしね。人生何が起こるかわからないよ。あ、それを言ったら王都のギルドでミレイと出会ったのも、新緑の森でレイアやナビーに出会ったのも、みんな奇跡なんじゃないかな。ミレイはどう思う？」

「そうね。確かにそうかもしれないわね。それじゃあ、私達の奇跡の出会いに少し飲みましょうか」

「いいね。俺、そんなにお酒飲めないけど。じゃあ、乾杯」

だが、ミレイはたった二杯お酒を飲んだだけでノックダウンした。

「ミレイってこんなにお酒に弱かったんだ。はあ～、仕方ない。ギルドの寮《りょう》まで運んであげるか」

「そうですね。こんなところで寝てしまっては風邪をひいてしまいますからね」

『わふ……寮……運ぶ……』

『『『『わふ～……は……こ……ぶ……』』』』

レイア達も慣れない念話でクロードの言葉を繰り返している。

みんなでミレイをギルドの寮まで運んでから宿の部屋に戻り、少しゆっくりした後、クロード達は眠りに就いた。

ちなみにクロードはこの日、『武器防具錬成』スキルのレベルを3まで上げ、その過程で数え切れない程の武器や防具を作っていた。

＊＊＊

翌日、朝の九時に起きたクロード達は、一階の食堂で朝食を食べた後、少し早めに出発してギルドに向かった。

到着すると、ベロニカと待ち合わせた十時になるまで中で待っていようとギルドに入る。

しかし待合室に行くと、そこには既にベロニカがいた。

「あれ、ベロニカさん、もう来てたんですか。早いですね。俺達も少し早めに来て待っていようと思っていたんですけど……」

「ああ、あたいも、あんた達より先に来て待っていようと思っていたんだ。そしたら思いのほか気が急《せ》いちまってな。気が付いたら朝の七時半にギルドに来ちまってたよ。あ～恥ずかしいったらありゃしねぇ」

それを聞いたクロードは申し訳なさそうな顔になる。

「だいぶ待たせてしまいましたね、すみません。それじゃあ、早速、受付に行ってBランクのライセンスを受け取りに行きましょうか。まあ、ベロニカさんは仮のライセンスですけどね」

「この前言われた時も思ったけど、何故、あたいだけ仮のライセンスなんだ」

「俺とナビーは、れっきとしたBランクパーティですからBランクのライセンスをもらう事が出来ますけど、ベロニカさんは俺達のパーティの臨時要員ですからね。今のところ、あなたはパーティの正式なメンバーではないから、仮のライセンスなんですよ。あくまでも今のところは、ですけどね」

ベロニカはクロードの話を聞いて、少し気落ちしたようだったが、クロード達のあとについて受付に並んだ。クロードはミレイが受付をしている列に並んで順番が来るのを十分程待った。

前の人がはけると、受付カウンターの前に立つ。

「よう、ミレイ。ダンジョンに潜るためのライセンスをもらいに来たよ」

「ああ、昨日のベロニカさんとダンジョンに潜るって話ね。わかったわ。ちょっと待っててちょうだい。今、クロードとナビーちゃんのBランクライセンスと、ベロニカさんの仮のライセンスを用意してくるわ」

ミレイはそう言うとカウンターの奥へと下がっていった。

すると、ベロニカがクロードに話しかけてきた。

「あ、あの、あんたは受付嬢のミレイと何やら親しそうだが、ど、どういった関係にゃんだ？……あ、みゅ〜〜」

ベロニカは、話の最後で噛んでしまったのが相当恥ずかしかったのか、顔をゆでだこのように真っ赤にしてしゃがみ込んだ。

クロードは彼女のその様子が笑いのツボに入ってしまい、堪え切れずにぷっとふいてしまった。

それを見ていたナビーとレイアはジト目で、ベロニカはうるうるした目でクロードを睨んでいる。

こちらを睨むベロニカのうるうるした目に加えてぷくーっと赤い頬を膨らました姿を、クロードは不覚にも可愛いと思ってしまった。

そんなこんなしていると、ミレイがカウンターの奥から三人分のライセンスを持って戻ってきた。

「あれ、ベロニカさん、なんで顔が赤いの？　まさか、クロードに何かされた？　もしそうなら遠慮なくこの私に言ってね。しっかりとしばいておくから」

ベロニカは慌てて取り繕う。

「い、いいや、大丈夫だ」

「そうですか。あ、これがクロードとナビーのBランクライセンスで、こっちがベロニカさんの仮ライセンスね。ダンジョンの中はとても危険だから十分に注意して潜ってね。あ、そういえばまだ聞いてなかったけど、どこのダンジョンに潜るの？　この街にあるSランクダンジョンの『神々の黄昏《たそがれ》』？　それともこの街から比較的近いBランクダンジョンの『獣の系譜』？　Cランクダンジョンの『豚の住処《すみか》』もあるし……」

「俺達が行くのはBランクダンジョンの『獣の系譜』だよ。じゃあ、行ってくるね」

「そう、何度も言うけど十分に警戒していくのよ。あなた達がこれから行くのはBランクダンジョンなんだからね」

「ああ、心得てるよ」

そして、ベロニカを加えたクロードの臨時Bランクパーティは、Bランクダンジョン『獣の系譜』に向かっていった。

＊＊＊

Bランクダンジョン『獣の系譜』に着いたクロード達は、ダンジョン入り口の手前に設置されている冒険者ギルドの派出所に寄って、ダンジョンに入るための手続きをしていた。

「それじゃあ、ライセンスと冒険者カードを提示してくれますか。その後はこの名簿に君達の名前を書いてください。ダンジョンに入った冒険者を把握しておかないといけませんからね」

「わかりました」

クロードは冒険者カードをギルドの職員に渡した後、名簿に全員分の名前を書いた。

「へえ、クロード君とナビーさんはBランクのライセンスですか。でもなんでベロニカさんは仮の……あ、もしかして臨時パーティですか。しかし、Bランクパーティ……」

「俺達がBランクパーティだと何かあるんですか」

「いいや、あなた達がというより……えっとですね、Bランクダンジョンを対象にして活動するのは普通はAランクからSランクのパーティなんですよ。Bランクパーティですと、この辺ではCランクダンジョン『豚の住処』ですね。あなた達、本当にこのBランクダンジョン『獣の系譜』に潜るんですか？」

ギルド職員の問いに、クロードははっきりと答える。

「はい。潜りますけど。何か問題ありますか」

「いや問題って……はあ～、わかりました。一応Bランクのライセンスでも、Bランクダンジョンに潜る事は出来ますからね。でも、すごく危険ですから、あまり深い階層まで潜らない方が良いですよ。私は忠告しましたからね」

「ええ、肝に銘《めい》じておきますよ」

クロード達は冒険者ギルドの派出所を出ると、ダンジョンの入り口へ向かった。

ダンジョンに入る前にクロードは、アイテムボックスからハイオーガの防具を二つと魔鉄の剣を取り出してナビーとベロニカに渡した。

「二人ともまずは、この防具に付け替えてくれるかな。これは俺が作ったハイオーガの革鎧《かわよろい》で防御力上昇と速度上昇、軽量化の効果がある。それで、こっちの魔鉄の剣は、耐久力上昇と斬撃貫通力上昇を付与してある。この二つを装備すればだいぶ楽にこのダンジョンを踏破《とうは》出来るはずだよ。あ、そういえばベロニカさんの持ってる剣ってなんの剣ですか？」

「え、ああ、あたいの剣は銀の剣だよ。そうだな。その魔鉄の剣を借りようか」

クロードが魔鉄の剣を渡すと、ベロニカは柄の部分を何度も握ったり剣を振ったりして感触を確かめていた。

「どうですかベロニカさん、その剣は」

「ああ、驚く程あたいの手に馴染《なじ》んでるよ。これは驚いたね。この剣はあんたが作ったんだろ？あんたは良い鍛冶師《かじし》にもなれるね」

「ははは、今のところその予定はありませんが、冒険者を引退したら考えてみますね」

装備を整えたクロード達は、Bランクダンジョン『獣の系譜』に潜っていった。

ダンジョンに入ると、一階層は洞窟《どうくつ》型のダンジョンでホーンラビットがいたるところに生息していた。

時折ホーンラビットの上位種の一つであるレッドホーンラビットが出現する程度の、クロードにとっては比較的優しい階層となっていた。

「このダンジョンは、十階層ごとにボス部屋があるみたいだね。さてと、一階層は雑魚《ざこ》だけだけどモンスターの落とす魔石や素材はお金になったり食料になったりするから、きっちり拾うようにしよう。あ、あと、各階層にいくつか設置されている宝箱も見逃さないように目をきっちり光らせておこうね」

クロードの指示にナビーが頷いて言う。

「はい。それでは私が『気配探知』を使って敵の気配を探りますので、マスターは『マップ』に集中して宝箱や採掘ポイントなどを把握し、鉱石の採取、宝箱の回収を行ってください」

「うん。わかったよ。それじゃあ、モンスターとの戦闘はナビーとベロニカさん達にお願いするよ。下に行く階段を見つけたらそこで待っててくれるかな。すぐに戻ってくるから」

「わかりました。では、ベロニカさん、私達は先に進みましょうか。ホーンラビットのような雑魚でも数を倒せばレベルアップのたしになりますから」

ベロニカは首肯する。

「ああ、そうだな。それじゃあ、クロード、あたい達は先に進んで下りる階段を見つけておくから、なるべく早く戻ってこいよな」

『大丈夫ですよ、ベロニカさん。主様《あるじ》はこう見えてとても強いですし、探し物を見つけるのも得意ですから。戻ってくるのにそんなに時間はかからないと思いますよ。わたくしが保証します』

その時、唐突に声が頭に響いた。

クロードは驚いて言う。

「んん、今話したのは誰……ま、まさか、レイア、お前がしゃべったのか」

『ええ、そうですよ主様』

「い、いつの間にそんなに流暢《りゅうちょう》に話せるようになったの？」

『昨日からですかね。念話のスキルをいただいた日から時間を見つけて練習していたら、昨日の夜中に急に流暢に話せるようになって。わたくしも驚きました』

『『『ママ、ずるい』』』

『何がずるいもんですか。わたくしは、ただ主様と早くおしゃべりしたくて寝る間も惜しんで練習をしていただけですよ。あなた達も主様とおしゃべりしたければ、毎日サボらずに練習しなさい』

『『『う〜〜………わかった』』』

その様子を見て、クロードは苦笑いで言う。

「じゃあ、あとで合流しよう」

クロード達はそれぞれの役割を果たすため別れた。

ナビー達と別れたクロードは、『マップ』を駆使《くし》して近場にある採掘ポイントから一つずつつぶしていった。

いくつかの採掘ポイントで採掘し終えて次のポイントに向かっていると、少し先に横に延びる道が現れた。

『マップ』の範囲領域を円ではなく一方向に変更して調べてみる。

すると、その道を右に曲がった先が行き止まりになっていて、そこに宝箱が配置されていた。

クロードはその宝箱の場所まで進み、隅々まで調べつくし危険ではない事を確認してから、恐る恐る蓋《ふた》を開けた。

宝箱の中にはヒールポーションが二本とマナポーションが二本、それと何かの巻物が入っていた。

それらをアイテムボックスにしまって、謎の巻物を鑑定する。


スキルスクロール『隠密《おんみつ》』……このスクロールを使用すると、スキル『隠密』を習得する事が出来る（スクロールは一度使うと使えなくなる）。

「こ、これは……！　誰に使うか、みんなと相談する必要があるな。とりあえずアイテムボックスに入れておくかな」

クロードはスキルスクロールをアイテムボックスにしまうと元の道に戻り、また採掘ポイントと宝箱を探し始めた。


それから少し経ち、クロードはこの階層にあった三つの宝箱を回収した。

今はこの階層最後の採掘ポイントで採掘作業に勤《いそ》しんでいる。

するとレイアから『念話』が届いた。

『主様、下階層に下りる階段を見つけましたよ。道中で狩ったホーンラビットとレッドホーンラビットで肉と金になる魔石、それ以外の素材も多く得る事が出来ました。そちらはどうですか』

『こっちもこの階層にある三つ全ての宝箱は回収済みだ。今、最後の採掘ポイントで鉄鉱石を採取しているよ。もうすぐ終わるからちょっとそこで待ってて』

『わかりました。みんなにも伝えておきます』

『ああ、頼むよ』

クロードはレイアとの『念話』を切ると、猛スピードで採掘を終わらせる。

『マップ』で取りこぼしがないかどうか確かめつつ来た道を戻って、みんなと別れた地点まで帰ってきた。

そこから『マップ』で仲間の所在を確認してみんなが向かった方向に進み、数分後、合流して二階層へと下りていった。

二階層へと下りたクロード達の前に広がっていた光景は、一階層と全く同じ洞窟型のダンジョンだった。

「よし、とりあえず先に進んでみよう。あと、さっきの一階層でわかった事なんだけど、俺一人で宝箱の回収と採掘ポイントでの鉱石採取をしていると、その間に襲ってくるモンスターの撃退が面倒くさい。今度からはレイアも連れていくけど良いかな？　『マップ』で調べた感じだと、この階層もホーンラビット系の階層みたいだから、レイアが抜けてもそっちは大丈夫だと思ったんだけど……」

クロードが言うと、ナビーは頷く。

「はい。私も大丈夫だと思います。私達も強くなりましたから。相手がCランクまでなら、レイア抜きでも相手をする事が出来ると思います」

「うん。俺もそう思うよ。それじゃあ、前の一階層と同じようにみんなは先に進んで下の三階層に下りる階段を見つけておいてね。ナビー、階段を見つけたら子供達に『念話』で俺に伝えさせて。これも『念話』のスキルを使いこなすための良い練習になると思うからさ。お願いね」

「わかりました。そのようにします。それと道中で倒したモンスターから出たドロップアイテムは基本全て回収という事で良いですか。マスター」

「うん。そうしてくれる？」

「了解です」

元気よく返事をしたナビーを見て、クロードは笑顔になる。

「それじゃあレイア、俺達は宝箱の回収と採掘ポイントで鉱石を採取しに行こうか」

『はい。主様、参りましょう。子供達、心配ないと思うけど、いざとなったらナビー達を力の限り守るのですよ。わかりましたね』

『『『『わかった』』』』

そうして、クロードとレイアは宝箱の回収と採掘ポイントでの鉱石の採取、ナビー、ベロニカ、子供達は階段の捜索《そうさく》をする事になった。


クロード、レイアと別れたナビー達は、二階層に下りる階段から延びる道をそのまま真っ直ぐ進んでいた。

「この階層もホーンラビット系のモンスターが中心みたいですね。今のところ遭遇するモンスターは、ほとんどがホーンラビットです。一階層と同じでレッドホーンラビットが時々出てきますが、それに加えて新しい上位種のブルーホーンラビットもちらほらいますね。まあ、強さはレッドホーンラビットと大して変わりませんから楽勝ですけど」

ベロニカも頷いて口を開く。

「そうだな。レッドホーンラビットとブルーホーンラビットは、角による攻撃とそれぞれ『ファイアボール』と『アクアボール』を放って攻撃してくるだけだからな。Cランクのあたいとナビー、そしてこの従魔達にとっては物足りなく感じてもおかしくないさ」

ナビー達はおしゃべりをしながら、ホーンラビットと時々遭遇するレッドホーンラビット、ブルーホーンラビットを蹴散《けち》らして、三階層への階段を探し回った。


一方その頃、ナビー達と別れて宝箱の回収と採掘ポイントでの鉱石採取をしに行ったクロードとレイアは宝箱二個を回収。採掘ポイントを回って採石していた。

「二階層の宝箱は二個しかなかったな。中身はそれぞれヒールポーションとマナポーションが二つずつしか入ってなかったし、採掘ポイントの方は鉄鉱石と銅鉱石が半々って感じだし微妙だな……次がこの層の最後の採掘ポイントだけど、鉄鉱石と銅鉱石以外が出ればいいね」

『そうですね、主様。流石にここまで鉄鉱石と銅鉱石しか出てこないと、わたくしも少し嫌気が差してきてしまいます。はあ～』

その後、クロードとレイアは二階層、最後の採掘ポイントに辿《たど》り着いた。

「さてと、『鑑定』でなんの鉱石が取れるのか調べてみますか」

クロードはレイアに周りの警戒を任せると、採掘ポイントに『鑑定』をかけてみた。

「はあ～」

『主様がため息をついたという事は、やはり今回も鉄鉱石と銅鉱石しか出てこないんですね』

「まあ、でも、ここはまだ二階層だからね。鉄鉱石と銅鉱石しか出ないのは当たり前かもしれない。もっと奥の層で採掘すれば、そのうち違う鉱石が出てくるだろうから地道に掘っていこう。レイア、見張りは任せたよ。レイアはBランクのモンスターだし、もうすぐレベル１００になって進化すると思う。そんな強いレイアに挑んでくる奴は、もっと深く潜らないと出てこないかもだけど」

『はい。主様の役に立つためにわたくしは早く進化したいです』

「そうだね。頼りにしているよ。レイア」

最後の採掘ポイントでの鉱石採取を終えたクロードとレイアは、急いでナビー達のもとへと向かっていった。

その道中、ボロからクロードに向けて『念話』が届いた。三階層に下りる階段を見つけたという報告だ。

ボロから『念話』が届いた数分後、クロードとレイアはナビー達と合流して、三階層へと下りていった。

三階層に下りたクロード達。

一階層、二階層と同様に下階層に下りるための階段を探すナビーのグループと、宝箱の回収と鉱石の採取を担当するクロードとレイアのグループの二手に分かれて行動を開始した。

三階層は、一、二階層と違いホーンラビットが出てこなくなり、その代わりにレッドホーンラビットとブルーホーンラビット、そして新たにグリーンホーンラビットが出現した。

しかし、ナビーがひきいるグループには、この三種とも脅威《きょうい》ではなく、かるがると討伐して進む。

その後、とうとう階段を発見した。

「階段を見つけた事ですし、マスター達に報告しましょう。ボロ、お願い出来ますか」

『わかった』

階段を発見したナビーは、子供達の中で一番『念話』スキルの扱いが上手いボロに頼んでクロード達に報告した。

一方、時は少しさかのぼり、ボロから『念話』が送られてくる十数分前、クロードとレイアは、三階層の宝箱の回収と鉱石採取のために階層内を歩き回っていた。

「はあ〜、この三階層も一、二階層と全然代わり映えしないね。まあ、宝箱の数は一、二階層よりも少し多いけど、中身はほとんど変わらないし」

クロードはそれでも前向きに言う。

「スキルと魔法のスクロールが一つずつ入ってたのは良かったかな。さあ、この階層の最後の採掘ポイントでさっさと鉱石を採掘して、ナビー達のところに向かおう」

最後の採掘ポイントに着いた時、ボロから下階層に下りる階段を見つけたという報告を『念話』で受け取った。

クロードとレイアは、急いで採掘を終わらせてナビー達のもとへ向かった。


四階層に下りた瞬間、クロードはすぐに今までの階層にはなかった雰囲気を感じ取った。

「みんな、どうやらこの四階層には今まで出てきたEランクやDランクのモンスターとは比べ物にならない強さのモンスターがいるみたいだ。たぶんエリアボスってやつだろうな」

「エリアボスってなんですか？　ボスっていうのは、ダンジョンの十階層ごとにあるボス部屋の中にいるモンスターの事ですよね」

「うん。ボスの認識はナビーの言う通りだよ。それで、問題のエリアボスだけど、各階層にまれに出現するイレギュラーなモンスターの事なんだ。このエリアボスは例外なく、その階層にいるどのモンスターよりも強いんだ」

ナビーは納得したように頷いた。

「では、今回そのイレギュラーなエリアボスがこの階層に現れたという事ですね」

「そういう事。俺の感覚だと、Cランクモンスターだとは思うけど、どんなモンスターかは遭遇してみないとわからないな。この階層は採掘ポイントをスルーして、みんなで一緒に行動しながら宝箱だけ回収しよう。同時に下階層への階段を探そうと思うんだけど、みんな、どうかな？」

クロードが聞くと、みんなが頷いたのを見たナビーが返事をした。

「はい。私達もマスターの意見に賛成です。それにベロニカさんがパーティメンバーになった際のフォーメーションや連携の練習もしたいですしね」

その言葉にクロードは驚いた。

「いつの間にベロニカさんがパーティメンバーになるなんて話が出てきたんだ。まあ、俺は反対しない……っていうか、むしろぜひ俺達のパーティに入ってもらいたいけど」

「あ、マスター。そういえば、まだパーティ名を決めていませんでしたね。どうしますか」

「パーティ名は宿に戻ってから考えよう。みんなでね」

その後、クロードは無事にこの階層の宝箱を全て回収し終えた。

下階層へと下りる階段を見つけるだけとなった時、道の曲がり角から額に鋭い剣を生やし、どでかい緑色の体をしたモンスターが現れた。

「な……グ、グリーンビッグソードラビット⁉　災害級のモンスターに分類されているAランクモンスターじゃないか。ははは、流石イレギュラーモンスター、驚かせてくれるね」

クロードは、急いでグリーンビッグソードラビットに『鑑定』をかけた。

【名　前】

【種　族】グリーンビッグソードラビット

【称　号】Aランクモンスター

【レベル】（21／150）

【能力値】

体　力　12100　魔　力　12030

攻撃力　12070　防御力　12073

魔　攻　12028　魔　防　12026

素早さ　12120　器用さ　12090

魅　力　8020

【スキル】

跳躍C（6／10）　風魔法C（MAX）　中級剣術B（3／10）

俊足Ｂ（４／１０）　隠密Ｂ（３／１０）
【ユニークスキル】
嵐魔法Ａ（２／１０）　偽装Ａ（７／１０）

「うそだろ。今まで戦ってきた敵の中で一番強いじゃないか……ベロニカさん、あなたのジョブはなんですか？　教えてください」

「ああ、一般職の『騎士』だけど、それがどうしたんだ」

「じゃあ、グリーンビッグソードラビットは俺とレイアで相手しますから、ナビーとベロニカさん、子供達は、俺とレイアの戦闘に邪魔が入らないように他の雑魚モンスターの討伐をお願いします」

焦った様子のクロードを見て、ナビーが察する。

「マスターがそのように言うという事は、やはり……」

「ああ、こいつは、今のナビー達では相手にならないくらいに強い」

「わかりました。雑魚モンスターは私達にお任せください」

「ああ、頼むよ」

グリーンビッグソードラビット以外のモンスターの討伐をナビー達に任せたクロードとレイアは、敵に向かって駆け出して真正面からぶつかり合った。

グリーンビッグソードラビットと戦い始めてから十分程、最初は拮抗《きっこう》していた戦いもレベル差のおかげか、徐々にクロード達が優勢になってきた。

そこでクロードは一気にたたみかけようと思い切りかかったのだが、表皮を切り裂く瞬間に目の前からグリーンビッグソードラビットが姿を消してしまった。

「な、どこに行った⁉　レイア、臭いであいつがどこにいるかわからないかな」

『すみません。臭いを消しているのか、全くわかりません。ですが、気配は微《かす》かにしますので、すぐ近くにいるのは確かだと思います』

レイアの鼻でもグリーンビッグソードラビットを捉《とら》える事が出来なかったので、クロードは敵の居場所を把握しようと『マップ』を表示した。

すると、グリーンビッグソードラビットが姿を隠して、クロード達の後方で雑魚モンスターを討伐しているナビー達のもとに向かっている事がわかった。

「まずい、奴がナビー達を狙っている！　ここからじゃ攻撃は間に合わない」

『ええ⁉　あの子達のもとに……』

「ああ。くそ、これなら……！」

クロードはグリーンビッグソードラビットが突っ込む前に、急いでナビー達を結界魔法で囲う事に成功した。

そして、自分の突進を結界に阻まれて困惑しているグリーンビッグソードラビットを影魔法の『シャドウバインド』で縛り上げ、その場に固定する。

その後、結界を解除してナビー達を助け出した。

「ふう～、間一髪だったね。もう少し遅かったらと思うと肝が冷えるよ」

そう言うと、みんなは自分達の無事を喜んだ。ナビーとベロニカは抱き合い、レイアと子供達は体を擦《こす》り付け合ったりなめ合ったりしていた。


クロードは、『シャドウバインド』で縛ったグリーンビッグソードラビットの首筋を剣で切り裂いてとどめを刺す。

ドロップした魔石と毛皮、肉、ソード型の角をアイテムボックスにしまってから、倒した他のモンスターのドロップアイテムを回収しているみんなのもとに向かった。

「みんな、今回のダンジョンの攻略は、十階層のボス部屋でボスを倒したら地上に帰還しようと思っているんだけど、どうかな」

「私もそう提案するつもりでした。私達は今回ダンジョンに泊まって攻略する事を想定していないので、物資を十分に準備していません。ですので、今日中に十階層のボス部屋を攻略して、そこにある転移陣で地上に出ましょう。物資をそろえてから改めてダンジョン攻略を再開するのが良いと思います」

みんなもナビーに賛成のようで反対意見は出なかった。

「よし、それじゃあ、ここで少し休憩を取ってから十階層のボス部屋に向かうとしますか」

クロードは『マップ』を頼りに四階層を歩き回り、数分後、五階層への階段を見つけて下りていった。

五階層に下りて最初に目にしたモンスターは、オークだった。

「この階層からはオークが出てくるのか。もたもたしていても仕方ないし、この階層も宝箱だけ回収して次の階層に行こうか。どうせ魔鉄やミスリル、アダマンタイトなんかの希少鉱石はこんな浅い層にあるわけがないからね」

クロード達は六階層、七階層、八階層と、オークやオークの上位種を倒し、宝箱を全て回収しながら順調に攻略していき、ついに十階層のボス部屋の前に辿り着いた。

「とうとう十階層のボス部屋だね。みんな、ボス部屋に入る前にヒールポーションとマナポーションを飲んで体力と魔力を回復させておこう」

みんなは、クロードから渡されたヒールポーションとマナポーションを飲み干して戦闘態勢を整えた。

「よし、じゃあ、ボスを討伐して地上に帰ろうか」

　こうしてクロード達は、ボス部屋へと突入していった。


　巨大な扉を抜けた先は広々としていた。

　部屋の中心には、オークジェネラル一体とオークナイト五体、オークアーチャー五体、オークメイジ五体、オークヒーラー五体がたたずんでいる。

　クロードが部屋の中に入ると、突然モンスター達が雄叫びを上げた。

　オークナイト達を先頭にこちらに向かって突進してきたかと思えば、後方でオークメイジ達が召喚魔法を発動してオークをさらに数十体召喚。

　そのオーク達も次々とこちらに突進してきた。

「みんな、気を緩めないようにね。魔法が使える人は後方にいるオークメイジ達を攻撃して無力化して。他の人は突進してくるオークナイトやオーク達を切り捨てていってくれるかな」

　みんなは、クロードの指示に従って各自行動に移った。

　クロードはレイアと一緒に後方のオークメイジ達に、中級風魔法の『ウィンドストーム』を放ちながら、前方から押し寄せてくるオークナイトやオーク達を切る。

彼らがオークナイトとオークの首筋を切り裂いて倒していた時、他のみんなも各自オーク達との戦闘を始めていた。

ベロニカとボロ、ハロ、リサは、クロードとレイアとは少し離れたところでオークナイト、オークと戦っていた。

防御はハロが、攻撃はボロとリサが、そしてベロニカは『騎士』のジョブだからか、防御と攻撃の両方を器用にこなしていた。

しかし、戦闘が始まって少し経った頃、ベロニカが複数体のオークに囲まれてしまう。

仕方なく複数体のオークを同時に相手しようとベロニカが身構えた時、すぐ近くでオークナイトの一体と戦っていたはずのボロがピンチの彼女のもとに現れた。

『ベロニカ、てき、一体、ずつ、倒す、すすめる』

「ボロ、お前、オークナイトはどうした。こんなところに来ている暇などないだろ」

『オークナイト、倒した』

「何!?」

ベロニカは、驚愕《きょうがく》の表情でさっきまでボロが戦っていた場所を見ると、そこには首を綺麗《きれい》に切り落とされて絶命しているオークナイトの姿があった。

『オークナイト、倒した、問題、ない、オレ、ここで、戦う』

ベロニカは一瞬沈黙したが、すぐに顔を上げてボロに「頼む」と言った。

その後はベロニカがオーク達のヘイトを集めながら一体ずつ確実に倒していき、ボロはスピードを活かしてベロニカにむらがってきたオーク達をほふる。

リサとハロは、それぞれ一匹でオークの相手をしていたが、オークメイジのせいで次第にオークの数が増えてくると自分達だけでは対処しきれないと判断。ベロニカ、ボロと合流して一緒に戦い始めた。


一方のナビーとイリア、レイは一緒に行動してオークメイジを集中砲火していた。

「イリア、レイ、融合魔法を撃ちましょう。火や風の中級魔法では奴らを倒すのに時間がかかってしまいます。ですが、融合魔法であれば中級魔法を撃ち続けるより、短時間で奴らを倒す事が出来ると思います」

ナビーは言葉を続ける。

「倒し終わった後は、魔力枯渇で満足に動けないと思いますけど、そこのカバーはみんながしてくれますよ。それに私達にはマナポーションがありますから、すぐに回復しますしね。まあ、全快とはいかないと思いますが……」

『私、わかった、やってみる』

『わかった、うち、も、やってみる』

イリアとレイはお互いの火魔法と風魔法を融合して融合魔法『ファイアトルネード』を生み出した。

ナビーも左右の手でそれぞれ火魔法と風魔法を発動し、それらを融合して同じく融合魔法『ファイアトルネード』を生成。

さらにイリアとレイ、そしてナビーの『ファイアトルネード』を全て融合すると、広範囲殲滅融合魔法『ファイアサイクロン』が完成した。

ナビー達は、『ファイアサイクロン』を敵陣の後方にいるオークメイジ達に向けて撃ち放った。

『ファイアサイクロン』によって、敵陣にいたオークメイジ数体を含むオーク達のほとんどが殲滅された。

残りのオーク達はクロードとレイア、そして、ベロニカとボロ、リサ、ハロによって、倒されていった。

ちなみにオークジェネラルはナビー達の『ファイアサイクロン』の余波によって、クロードと対《たい》峙《じ》した時には既に虫の息だった。首筋を切り裂き簡単に倒す。

全ての戦闘が終わり、クロードはボス部屋で倒したモンスターの魔石を含むドロップアイテムを全て回収した。

オークジェネラルを倒した後、突如ボス部屋の中央に出現した宝箱を最後にアイテムボックスに仕舞う。

やる事を済ませたクロード達は、こちらもオークジェネラルを倒した後に出現した転移陣に乗り、地上へと戻っていった。


地上へと戻るともう夜だったので、クロードは迷宮都市ネックに戻り、ベロニカと城門前で別れる。

別れ際、明日の午前十時にギルドの前で待ち合わせの約束をした。

宿に戻ると、すぐに食堂で夕食を食べる事にした。

「すみません。注文いいでしょうか」

「はい。おうかがいいたします」

「えっと、俺は、この本日のおすすめセットをお願いします。みんなはどうする?」

クロードがみんなに何を注文するか聞いた。

「では私は、このオーク肉の煮込みハンバーグ定食をお願いします」

ナビーの次にレイアが店員に尋ねる。

『店員よ、このオーク肉のステーキ二倍盛り定食の二倍盛りというのは、普通のステーキより量が二倍多いという事かの』

「え、ええ、その通りです」

『うむ、では妾《わらわ》は、このオーク肉のステーキ二倍盛り定食を頼もうかの』

次はボロ、イリアだ。

『オレは、オレは、えっと、ナビー、お、ねえちゃん、と、同じ、やつ』

『私は、これ』

「えっと、若鶏の唐揚げ定食ですね」

最後にレイ、ハロ、リサが注文する。

『うちも、イリア、と、同じ』

『おいら、ハンバーグ』

『あたくし、ステーキ』

「わかりました。ご注文を繰り返させていただきます。本日のおすすめセットがお一つ、オーク肉の煮込みハンバーグ定食をお二つ、オーク肉のステーキ二倍盛り定食をお一つ、若鶏の唐揚げ定食をお二つ、ハンバーグ定食をお一つ、ステーキ定食をお一つですね。ただいまお作りいたしますので少々お待ちください」

店員は注文を確認すると、クロード達が座っている席を離れていった。

「それにしてもレイア、さっきの話し方はどうしたの。妾とか、なんとかかのとか、今までと違って変じゃなかった？」

クロードが尋ねると、レイアが『念話』で答える。

『ああ、その事ですか。わたくしがへりくだって話をするのは主様だけです。ナビーやベロニカなどの仲間とはフレンドリーな話し方をしています。子供達とは、まあ、いつも通りです。その他は先程の感じで話します』

「あ、そうなのね。まあ、レイアが良いならそれで良いかな……」

他愛もない事を話していると、先程の店員が注文した料理を運んできて、テーブルの上に置いていった。

「じゃあ、みんな、いただこうか」

夕食を美味しく食べた一行は店員に「美味しかったです」と伝えて、部屋へと戻った。

ダンジョンに潜って疲れた体を魔道風呂で癒《いや》し、明日も忙しくなるため、早めに布団に入って眠りに就いた。

＊＊＊

　また翌日、朝九時に起きて朝食を食べ、部屋で食後の休憩を取った後、クロードは相も変わらず冒険者ギルドに向けて宿を出発した。


　クロードが冒険者ギルドに着くと、昨日と同じくベロニカは既にギルドに到着しており、クロード達の事を入り口の隅の方で待っていた。

「おはようございます、ベロニカさん。今日も早いですね、待たせちゃってすみません」

「い、いや、今日は九時に来たからそんなには待っていないぞ」

「いやいや結構待ってるじゃないですか……じゃあ、ギルドの中に入りましょうか」

　ベロニカと合流したクロードは、ギルドの中に入り、早速ミレイが受付をしている列に並んで自分達の番が来るのを待った。

　受付の列に並んでいる冒険者は少なく、すぐにクロード達の番がやってきた。

「はい。次の方、あ、クロードじゃない。今日はどうしたの」

「ああ、実はベロニカさんが俺達のパーティに加入する事になってね。その手続きをしたくて。あ、あとパーティ名をそろそろ決めないといけないかなって思ってね」

「ああ、まだパーティ名決めてなかったもんね。もう決めてきたの？　決めてるのならベロニカさんのパーティ加入と一緒に手続きしちゃうけど」

「そうだね。ついでに一緒に手続きしてもらっちゃおうかな。えっと、俺達のパーティ名は『天の祝福』にするよ。それじゃあ、お願いね」

「うん。わかった。ちょっと待っててね」

そう言うと、ミレイは受付カウンターの奥に下がっていった。


しばらくするとミレイが戻ってきた。

「お待たせ。手続きは終わったよ。更新するから三人のギルドカードを出してくれる？」

クロードとナビーとベロニカは、ミレイに言われてギルドカードをカウンターの上に置いた。

ミレイは、三人のギルドカードを一枚ずつ魔道具に通してデータを更新していった。

「はい。これでギルドカードの更新が出来たわ。今日もこれからダンジョンに潜るの？」

「ああ、今回はきっちり準備して数日間泊まり込みで潜ろうと思ってるんだ。出来れば最後まで攻略してこようと思ってる。あ、でもその前に昨日取れたダンジョンの素材を買い取ってもらうから、この後、買取カウンターに寄るよ」

「そう。それじゃあ、気を付けて行ってくるのよ。全員生きて帰ってくる事、出来れば無傷でね。わかったわね」

「うん。わかった。それじゃあね」

クロードは受付カウンターを離れると、今度は買取カウンターへと向かった。

「すみません。素材の買取をお願いします」

「おう、坊主《ぼうず》じゃないか。今日の買取担当はいつもの美人じゃなくて所長の俺だぜ。残念だったか」

「いいえ、そのような事はありませんよ」

「ちぇ、つまんねえな。それで素材の買取だって？　そんじゃあ裏の倉庫に行くか。どうせ今回も素材の量が多いんだろ。全員付いてきな」

裏の倉庫に着くと素材を出すように言われたので、クロードはダンジョンで手に入れた素材を次々に出していった。

「あ、そうだ、ベロニカさん。あのグリーンビッグソードラビットの素材とホーンラビットの上位種の素材を数体分、俺にくれませんか。装備を作る時の素材にしたいんですけど……」

「ああ、別に構わないぞ。あたい達はもうパーティメンバーだ。遠慮する事はない。あ、あと、あたいの事はベロニカと呼び捨てで呼んでくれ。敬語もなしだ……」

「わかったよ。ありがとう」

クロードはベロニカの了解を得て、グリーンビッグソードラビットとホーンラビットの上位種の素材を五体分アイテムボックスに残して、それ以外の素材を全て倉庫に出した。

「あの、この素材全てでどのくらいになるでしょうか」

「ん〜そうだな。詳しくはまだわからないが、少なくとも数百万メルにはなると思うぞ。たぶんだけどな」

「そうですか。わかりました。では、この素材の査定をお願いします」

「ああ……そうだな、明日の夕方くらいには査定も終わっていると思うから、そのくらいの時間帯に来てくれるか」

「えっと、俺達これから数日間ダンジョンに潜る予定なので、四、五日後でも良いですか」

「ああ、全然構わねえよ。待ってるぜ」

「それじゃあ、俺達はこれで失礼しますね」

クロードはギルドを出て商店街にある雑貨屋と八百屋で必要な物資を買い込み、アイテムボックスにしまう。

その後、Bランクダンジョン『獣の系譜』へと向かった。

目的地に着いたクロードは、ダンジョンに潜る手続きをするために冒険者ギルドの派出所に来ていた。

「お、あんた達は昨日の無謀《むぼう》なBランクパーティじゃないか。昨日はダンジョンから戻ってくるのが遅かったから死んじまったんじゃないかって心配してたんだぜ。あまり無茶すんじゃねえぞ。よし、手続き完了だ。気を付けて行ってきな」

「ありがとうございます」

クロードはダンジョンの入り口の横にある転移陣に乗り、一気に十一階層へと転移していった。

そこは十階層までの洞窟に似たダンジョンではなく、迷路のような場所だった。

「よし、みんなのレベルとジョブレベルは今どうなっているのかな。リーダーとしてはメンバーの現状を把握しておいた方が良いかなと思うんだけど」

クロードがみんなに尋ねると、ベロニカが口を開く。

「そういう事なら、新人のあたいから……あたいの今のレベルは37で、ジョブレベルは64だ。これで良いか」

「ああ、ありがとう。じゃあ次」

それからナビー、レイア、ボロ、イリア、レイ、ハロ、リサの順に答える。

「私のレベルは47で、ジョブレベルは91です」

『次はわたくしですね。わたくしのレベルは96です』

『オレ、レベルは、55だ』

『私、レベルは、56』

『うち、レベルは、55』

『おいら、だね。レベルは、54だよ』

『最後、あたくし、ですね。レベルは、55、ですわ』

メンバーの答えを聞いて、クロードは満足そうに頷く。

「みんな、このダンジョンを攻略する頃には種族だったりジョブだったりが進化してるかもね。あ、ちなみに俺のレベルは64で、ジョブレベルは43だよ。よし、みんな、このダンジョン攻略でもっと強くなろう」

ナビーがみんなを代表して「はい」と言って、他のみんなもその言葉に頷き合っていた。

そして、クロードは十一階層の探索を開始した。

クロードが鉱石を採掘したり宝箱を回収したりしていると、十一階層で最初のモンスターが現れた。

「お、やっとこの階層で最初のモンスターが出てきたね。あれは、コボルトかな？　俺は見るのは初めてだよ。ベロニカは戦った事あるの？　もし、あったらアドバイスなんかをもらえると嬉しいんだけど」

「ああ、あたいは戦った事がある。コボルトは速度重視で攻撃をしかけてくる。スピードに乗った鋭い鉤爪《かぎづめ》での引っかき攻撃は駆け出しの冒険者には厄介だが、Eランクのモンスターだからな。今のあたい達の敵ではない。でも一応爪には注意を払っておいても良いかもしれないな」

「なるほどね。みんな、今のベロニカの話を聞いたね。念のため鉤爪には注意しながらコボルトを殲滅していこう」

クロードはベロニカの助言を参考にして、コボルトとの戦闘に臨む。

訓練も兼ねて今回のコボルト戦は魔法を使わずに接近戦で戦う事に決めた。

ベロニカは魔鉄の剣と自前の大盾を構えて、近づいてくるコボルトを抑え込み、首筋を切り裂いて一体ずつ確実に倒していく。クロードとナビーは、自らコボルトの群れの中に飛び込み、魔鉄の剣で次々とコボルトの首を切り飛ばした。

レイアと子供達もクロードとナビーに続いて群れの中に飛び込む。

そこに途中からベロニカも合流した。

結局みんなでコボルトの群れと乱戦を行い、数分後、コボルトの群れを殲滅した。

クロードはベロニカに話しかける。

「ベロニカ、コボルト種の素材を数体分もらっても良いかな。装備作りの練習とか実験に使いたいんだけど」

「ああ、問題ないんじゃないか。それにこのパーティのリーダーはクロード、お前だろ。この間も言ったが、いちいち許可なんて取らなくても良い」

「いいや、そういうわけにはいかないよ。こういう事はちゃんとしておかないとね。地道に信頼関係を築く事がどれだけ大切かっていうのは、痛い程わかっているから」

「そうか？　まあ、お前のそういうところは好感が持てるけどな。でも、きっちりしすぎるのも程々にして、あたい達には少し隙を見せても良いんじゃないか」

「そう？　俺は、ベロニカが思っている程完璧じゃないと思うんだけどな。自分でも少し抜けているところがあるって自覚はあるしね」

クロードはベロニカと話しながら、コボルトの魔石とドロップアイテムをアイテムボックスに回収する。

回収作業が終わると、次の階層に向かった。

十二階層から十四階層までは、十一階層とほとんど同じだ。

出てくるモンスターはコボルトが主で、上位種のハイコボルトが下階層に下りるごとに少しずつ増えていった。

十四階層を探索し終えたクロードは、十五階層へと下りる。

ここからは、ダンジョンの構造が前の十四階層よりも複雑な迷路になっている。

さらに、十一階層から十四階層まで出現していたコボルトがいなくなり、その代わりにハイコボルトが大量に出るようになっていた。

「さっき『マップ』で確認したけど、この階層からはハイコボルトが圧倒的に多いな。所々にCランクのコボルトアーチャーが何体かいたけど、コボルトアーチャーは全部狩っておきたい。良い資金源と実験材料になりそうだからね」

「マスター、それでは宝箱と鉱石を回収しながらコボルトアーチャーを全て狩りつつ、進行方向に現れたハイコボルトも倒して、次の十六階層に向かうという事になりますかね？　大変ですががんばりましょうか」

「そうだね。みんなもこの方針で良いかな」

「ああ、あたいは賛成だよ」

『わたくしも賛成です』

『『『『賛成』』』』

ベロニカ、レイア、子供達の了承を得たクロードは、複雑に入り組んだ迷路を先へと進んでいった。

それから数分経った頃、通路の向こうの方からハイコボルト二十体程の群れがぞろぞろとやってきた。

「クロード、敵さんのお出ましだ。まずは、あたいから行かせてもらうよ」

ベロニカはそう言うと、魔鉄の剣と大盾を構えてハイコボルトの群れに向かって突進していく。

大盾で先頭にいたハイコボルト数体を弾き飛ばし、ハイコボルト達の陣形を崩してから一体ずつ首筋を切り裂いていく。

クロードはベロニカに続いてハイコボルトの群れに突っ込んだ。

そうしてつつがなく戦闘を終え、また先に進んでいった。

それからまたしばらく進んだ頃——

クロード達は、予想以上に入り組んだ迷路に四苦八苦していた。

「まさか、『マップ』を見ながらの攻略でここまで時間がかかるなんて……思いもしなかったな。しかも先に進めば進む程ハイコボルトの数が増えてくるし、なんなんだよ全く」

何度目かのハイコボルトとの戦闘を終えたクロードが、愚痴《ぐち》をこぼす。

ハイコボルトから出たドロップアイテムをアイテムボックスに仕舞い、その場で少し休憩していると、『マップ』にまたハイコボルトの群れが表示された。

ナビーはそれを確認すると、クロードに話しかける。

「マスター、どうやらまたこちらにハイコボルトの群れが向かってきているようです。どうしますか」

「ああ、わかってるよ。そのハイコボルトの群れにはコボルトアーチャーがいるからね。このままここで迎え撃とう。みんな、休憩はこれで終わりだよ。戦闘準備をしてね」

クロードの指示を聞いたみんなは、各自の装備の点検をしてコボルトアーチャーを含むハイコボルトの群れがやってくるのを待った。

装備の点検を終えてから数分後——

その群れがついにクロード達から見えるところまでやってきた。

「よし、こちらも陣形を整えて敵を迎え撃つよ。ベロニカは前衛で盾役として進行を妨害、一体ずつ確実に倒していって。ナビーはベロニカに支援補助魔法で防御力上昇と攻撃力上昇、速度上昇をかけてサポートしつつ前衛に出よう」

クロードの指示は続く。

「俺とレイアは後方で待機、いつでも出られるように準備しておくよ。子供達はベロニカとナビーをサポートしてくれるかな」

クロードの言葉を聞いたみんなは頷く。

ベロニカは指定の位置に着き、大盾を構えてハイコボルトの群れが接近してくるのを待ち、ナビーは言われた通りにベロニカに支援補助魔法をかける。

その後、ベロニカの少し後方で魔鉄の剣を構えて待機した。子供達はそのナビーの後ろでうずうずしながら固まっている。

クロードとレイアは落ち着いた表情で、一番後方でこの戦いの行く末を静観していた。

そして、ハイコボルトの群れとの戦いが始まった。

「お、ベロニカは大盾と魔鉄の剣で上手くハイコボルト達の意識を自分に集めているね。そのおかげでナビーと子供達が苦労せずにハイコボルト達を狩る事が出来ている。ベロニカをこのパーティのメンバーに出来て本当に良かったな」

『ええ、全くその通りですね。彼女を中心に一つの戦術が出来上がりつつあるようです。これからがとても楽しみですね、主様』

「そうだね」

戦いを始めてから十分もしないうちに五十体以上いたハイコボルトの群れは、ベロニカとナビー、子供達によって狩りつくされたのだった。

十五階層を探索し終えたクロードは次々にダンジョンを攻略していった。

次の十六階層から十九階層にはCランクモンスターのコボルトアーチャー、コボルトナイト、コボルトメイジ、コボルトヒーラーが出現した。

それらもつつがなく殲滅したクロード達は現在、二十階層にあるボス部屋の前でテントを張って野営の準備をしていた。

「今回は新しいテントを用意してきたよ。パーティメンバーの人数も多くなったからね。前まで使ってたテントだと少し手狭《てぜま》かなって思ってさ。勿論、空間魔法でテントの中を拡大しておいたから」

クロードはその後、もったいぶったように告げる。

「今度のテントはなんと……小部屋が五つも出来ました！　ナビーもベロニカも好きな個室を選んで自分の部屋にしていいからね。レイアと子供達は、どうする？」

『わたくし達は、今まで通りリビングを寝床にしたいと思います。まあ、たまに主様やナビー、ベロニカの部屋に入って寝るかもしれませんけど』

「そうか、わかったよ」

クロード達はみんなでテントの中に入り、自分の個室に私物を置いて整理をした後、リビングに集まった。

席に着いてしばらく落ち着くと、今晩の夕食を作るためにクロードが席を立ってキッチンに行く。ナビーとベロニカもついてきた。

「マスター、私も料理を手伝いますよ」

「ああ、あたいも手伝うぞ。何が出来るかわからないけどな」

クロードは嬉しそうに言う。

「え、良いのか。助かるよ。ナビーはそうだな、魚の煮つけを作ってくれ。ベロニカは今までに何か料理を作った事はあるかな」

「あ～……いつも野営の時はモンスターの骨付き肉を焼いて食べたり、近くに川がある時は魚を取ってきて焼いて食べるくらいしかやった事ないな。パーティを組んでいた時は、他のメンバーが料理を作っていたから、あたいはロクにやった事がない」

「そうか、でも料理はやり続けていればある程度は出来るようになるよ。だから今回はサラダでも作ってみようか」

「……う、うん。大いに迷惑をかけると思うが、指導をお、お願いする」

何故か口調が硬くなるベロニカに苦笑いして、クロードは胸を叩く。

「ああ、任せて。それじゃあ俺はリゾットでも作るか。あ、そうだ。隠し味にニンニクを入れてみようかな」

クロード達は三人でそれぞれの料理を作りつつ、時にお互いを手伝いながら調理を進めていき、なんとか食事を完成させた。

「みんな、お待たせ。さあ、夕食にしようか」

クロードは三人で作った料理をテーブルと床に置いて、食べ始めた。

「じゃあまずは、ベロニカが初めて作ったサラダから食べてみようか」

サラダを口に運んだクロードは頷く。

「うん。美味いね。とてもいい味をしているよ。まあ、初めてだから見た目は少し悪くなってしまっているけど、味の方はとても良い。何回も作っていれば少しずつ良くなっていくから、あまり気にしなくて良いからね」

「う、うん」

ベロニカは恥ずかしそうに俯いた。

その後、ナビーが作った魚の煮付けやクロードが作ったリゾットも堪能《たんのう》して後片付けをする。

空間魔法により二倍に拡大された魔道風呂に入り、クロードは眠りに就いた。

ちなみに、みんなで魔道風呂に入る事をベロニカは頑《かたく》なに拒んでいたが、最後はナビーに押し切られる形で体中を真っ赤にしながら渋々一緒に入った。

（ベロニカが一緒に魔道風呂に入る事を許した俺の常識は、なんだかだんだんおかしな方向にいっている気がするな……最近自分の事が少し怖く感じる事があるが、大丈夫か？　今後どうなってしまうのやら……）

クロードは、少し自分の将来に不安を持つのだった。

＊＊＊

翌朝――

個室で目を覚ましたクロードは、部屋を出てリビングに行く。

ベロニカが既に起きていて、朝食に出すであろうサラダを一生懸命作っていた。

「ベロニカ、おはよう。それは、今日の朝食？」

「ああ、そうだ。だけど中々上手くキャベツを千切りに出来なくてな」

「なるほどね。キャベツの千切りは結構、難しいからね。ほら、ちょっと貸してみて」

ベロニカの後ろから自分の両手を彼女の両手に添えて、クロードはゆっくりとした手つきでキャベツを千切りにしていく。

「どう？　こうやってゆっくりキャベツを切っていけば上手く出来るんだよ。ベロニカがさっきまでやっていたように、最初っから勢いよく切っていっちゃうと手を怪我する危険もあるし、慣れるまではゆっくり切っていこうね。まあその分、出来上がりまでに時間がかかっちゃうけど」

ベロニカはクロードの説明にこくこくと頷く。

「それも慣れるまでだし、少しずつ自分が上達していくのを感じるのも良いものだよ。俺もそうやって料理が上手くなっていったしね」

「そ、そうなのか。し、しかしちょっとみ、密着しすぎではないか。そ、その少し恥ずかしいのだが……」

「あ、ご、ごめん！　でも、わざとじゃないからね。それだけは信じて」

「ああ、わ、わかっている」

ベロニカは顔を真っ赤にしながらぎこちなく返事をする。

千切りにしたキャベツを大きな器の中に入れ、今度はキャベツの上に盛り付けるトマトやブロッコリーなどを切り分け始めた。

調理が終わった頃にナビーが部屋から出てきた。リビングからは寝起きのレイアと子供達のあくびが聞こえてくる。

「マスター、おはようございます。あ、ベロニカさんがサラダを作ってくれていたんですね。起きるのが遅くなってすみません。今からお手伝いしますね」

ナビーはそう言って、てきぱきと支度をする。

「さてと、それじゃあ私はハムエッグでも作りましょうか。マスター、まだ、たまごとハムのストックってありましたよね」

「ああ、ダンジョンに潜る前にたまごとハムも大量に買ってきたから、いっぱいストックしてあるよ。それじゃあ、俺は野菜たっぷりスープでも作ろうかな」

クロードがスープを作るために材料の野菜を細かく切っていると、レイアと子供達がリビングからキッチンに入ってくる。

彼女達はクロードに体を擦り付けながら朝風呂に入れてくれと頼んできた。

『お願いしますよ、主様。いつも通り朝もお風呂に入らないと体が気持ち悪くて集中出来ないといいますか……』

「はあ～、わかったよ。ナビーにベロニカ、俺はレイア達を風呂に入れてくるから、悪いんだけどスープの仕込みもやっておいてくれるかな。あ、最後の味付けは俺がやるから、その手前までで良いよ。じゃあ、よろしく」

クロードはレイア達を十数分かけて風呂に入れてから、キッチンに戻る。

その後、野菜たっぷりスープの最後の味付けをして完成させると、それらをリビングに持っていき、みんなで朝食を食べた。


朝食を食べ終わったクロードは、食器を片付けた後、テントをアイテムボックスに仕舞う。

改めて目の前にある二十階層のボス部屋の扉を見上げた。

「みんな、体調は万全だね？」

クロードの問いに、ナビー、ベロニカ、レイア、子供達が答える。

「はい。問題ありません。絶好調です、マスター」

「ああ、問題ないぞ」

『朝ご飯も美味しかったですし、体調も良いですし、気分も爽快です』

『『『『問題なし』』』』

「そうか、それじゃあ、ボス部屋に入ろうか」

クロード達はボス部屋に入った。

そこにはコボルトジェネラル一体と、そのコボルトジェネラルを守るようにコボルトナイト、コボルトアーチャー、コボルトメイジが、なんと合計で三百体も立ちふさがっていた。

全員がボス部屋の中に入ると、突然後ろからギィーガガガガと音がする。振り返ってみると扉が丁度閉まったところだった。

それと同時にクロード達の前方で立ちふさがっていた三百体のコボルトが、一斉に攻撃をしかけてきた。

「みんな、どうやらもう後戻りは出来ないみたいだね。ここから出るには前方のコボルト達を全て倒さないといけないようだし、とりあえず目の前の敵に集中して殲滅してしまおう」

「はい。わかりました、マスター」

「おう、あたいもわかったぜ、クロード」

『了解しました。主様』

『『『『わかった』』』』

クロード達は各自コボルトの群れに飛び込んでいく。

最前線にいたコボルトナイトに攻撃をしかけていると、クロードは群れの後方からいくつもの魔力の反応を感知した。

そちらに目線を一瞬移すと、そこでは丁度コボルトメイジ達が召喚の魔法陣を発動し、大量のハイコボルトを召喚しているところであった。

その光景を見たクロードは、『念話』で会話が出来るメンバーに伝える。

『念話』が使えないベロニカには、近くで戦っていたナビーに情報を伝えるよう指示した。

コボルトメイジにこれ以上ハイコボルトを召喚させないためには、前方のコボルトの群れを一気に突破する必要がある。

クロードは抜いていた魔鉄の剣を鞘《さや》に納めると、居合の形を取りつつ、膨大な魔力を剣に纏わせた。

魔力を固定させると一気に剣を鞘から解き放ち、強烈な斬撃を前方のコボルトの群れに打ち放った。

攻撃を真正面から受けたコボルトの群れの中心には、クロードの斬撃に沿うように奥に向かって太い一筋の道が出来上がっていた。

「う、嘘でしょう……？　自分でやっといてなんだけど、何、今の。剣を一振りしただけでコボルトメイジのところまで道が出来ちゃったよ……は、そんな事を言っている場合じゃなかった。早いとこコボルトメイジを排除しないと」

クロードは気を取り直して、その道を猛スピードで駆け抜け、コボルトメイジ達のところへと向かっていった。

その頃、レイアはコボルトナイト十体とコボルトアーチャー十体の合計二十体に囲まれていた。

『コボルトの上位種二十体ですか、少し数が多いですね。この調子だと、このコボルトの群れを突破するのに少し時間がかかりそうです』

レイアはそこで少し考える。

『主様も群れに切り込んで先に行ってしまいましたし、コボルトメイジは主様に任せて、わたくしは前線にいるコボルトナイトやコボルトアーチャーの数を出来る限り減らしておきましょうか。その方が後々ナビーやわたくしの子供達の負担も減るでしょうしね』

これからの行動を決めたレイアは、両前脚に風の魔力を纏わせる。

手始めに、目の前にいるコボルトアーチャー二体に風の魔力を纏わせた爪を振り下ろして首や胴体を切り裂いた。

レイアがコボルトの上位種二十体と戦闘を開始した頃、ナビーとベロニカ、子供達もコボルトナイトと戦っていた。

ベロニカが前衛でタンク役として相手のコボルトナイトの注意を引く。

アタッカー役をになっているナビーと子供達が一斉に相手に飛びかかり、切りかかったり噛みついたりして一体一体倒していき、確実にコボルトの数を減らしていった。

一方、クロードは、ハイコボルトがもう召喚されないようにコボルトメイジの排除に動いていた。

「こんなにハイコボルトを召喚したのか。ハイコボルトが多すぎてコボルトメイジを殲滅するのに少し時間がかかってしまうな」

しかし、コボルトメイジにそれ程時間をかけたくなかったクロードは、ハイコボルトごとコボルトメイジを消し去る事を考えた。

風属性の上級属性である嵐属性魔法の中級魔法『サイクロンストーム』を数発放って、召喚されたハイコボルトとコボルトメイジを一気に倒してしまう作戦だ。

クロードは、早速計画を実行に移す。

膨大な魔力を練り上げてそれを嵐属性に変換。『サイクロンストーム』をハイコボルトとコボルトメイジに向かって放つ。

それをもろに食らったハイコボルトとコボルトメイジは、ほとんどが原形を留める事なく辺りの地面に肉体の破片を散らして果てた。

「ん〜、あの多さだったら『サイクロンストーム』を数発撃たないといけないかなって思ってたけど……これは思っていた以上に威力が強かったみたいだね。まさか、あの一発でコボルトメイジ五十体と召喚されたハイコボルトを全て倒しつくしちゃうなんて……」

しばらく呆然《ぼうぜん》としていたクロードだったが、すぐに我に返る。

「レイアもそろそろこっちに来ると思うし、ドロップアイテムを回収したらレイアと一緒にコボルトジェネラルを倒しに行かないと」

クロードがドロップアイテムを回収し終えたタイミングで、丁度レイアが群れを突破してやってきた。

『主様、お待たせしました。あの群れの数を減らしてからこちらに来ようと思っておりましたので、少し時間がかかってしまいました。ただ、結構コボルトを倒してきましたので、あとはナビー達でどうにかなると思います』

「うん。そうだね。上位種ばかりだけど、まあ、百体くらいならみんなでなんとかなるかな。それじゃあ、俺達はコボルトジェネラルを倒しに行くよ」

クロードがコボルトジェネラルのところに向かったのと同じタイミングで、別の場所で戦っているナビーの頭の中に近頃あまり聞いていなかった世界の声が聞こえた。

【ナビーのジョブ『剣士』のジョブレベルが上限に達しました。これよりジョブ『剣士』が進化します。進化先の候補が複数あります。どれか一つを選んでください】

1：上級剣士（上級職）
2：侍《さむらい》（特殊上級職）
3：魔法剣士（上級職）

「ん、これは世界の声ですか。どうやら私のジョブレベルが上限の100まで到達したみたいですね。進化先は三つですか……なるほど、ここは『魔法剣士』の一択ですね」
ナビーは何故か即決で進化先のジョブを『魔法剣士』に決めると、彼女の目の前に新たなスキルを得たという世界の声からのメッセージが表示された。

【ジョブ『剣士』が上級ジョブ『魔法剣士』に進化したため、新たなスキル『二刀流』を獲得しました。『魔法剣士』の効果によりナビーの魔力と攻撃力、魔攻、魔防のステータスが二倍になります】

「スキル『二刀流』ですか。使用するには剣か刀が二本必要ですね。今は使えませんから今まで通りの陣形で行きましょう」
ナビーは残りのコボルトナイトとコボルトアーチャー、コボルトヒーラーを倒すためにコボルト

の群れに突っ込んでいった。


一方、クロードの頭の中にも、ナビーと同じ世界の声が響いていた。

その内容を聞いた後、彼は改めてレイアと一緒にこのボス部屋の主であるコボルトジェネラルのところに足を向ける。

「ナビーは『魔法剣士』を選択したのか。彼女が体を得た時にも選択肢にあったジョブだけど、『剣士』から進化するのとでは、伸びしろが違うって話だったな。ナビーに合ったいいジョブじゃないか」

『主様、さっきからぶつぶつ言って一体どうしたんですか』

「ああ、ごめんねレイア。ナビーのジョブレベルが上限に達して進化したみたいなんだよ。それでナビーが複数ある進化先から『魔法剣士』を選んだみたいでさ。レイア、『魔法剣士』ってさ、ナビーにぴったりのジョブだと思わない？」

『確かにそうですね。今までのスタイルをそのまま継承出来るジョブですから、動きやすいと思います。ナビーはよく分析して自分の事をちゃんと把握出来ているようです。やっぱり彼女は凄いですね、主様』

「そうだね。俺達パーティの頭脳なだけある。さてと、俺達もそろそろ敵の親玉を倒しに行くとしますかね」

そして、クロード達は再び悠々と立つコボルトジェネラルのもとに歩き出した。

コボルトジェネラルの目の前に立ったクロードとレイアは、それぞれ剣と牙に風の魔力を纏わせて攻撃をしかけた。

「まずは小手調べだ。『風牙斬《ふうがざん》』」

『わたくしの風牙も喰らいなさい』

クロードとレイアの攻撃をコボルトジェネラルは事もなげに避ける。すると今度はコボルトジェネラルからしかけてきた。

コボルトジェネラルはその強靭《きょうじん》な脚力を活かして縦横無尽《じゅうおうむじん》にかけ回り、まるで分身でもしたかのように四方八方からクロードとレイアを切り裂きにくる。

コボルトジェネラルのそのスピードに対応するために、クロードは『俊足』を、レイアは『光速』をそれぞれ駆使する。

スキルでコボルトジェネラルのスピードを上回ると、さらに加速して敵が感知出来ない域まで速度を引き上げる。

そこまですれば、コボルトジェネラルなど敵ではない。

クロードとレイアは隙をついて首筋を切り裂いて倒した。

コボルトジェネラルを倒した事により、ナビー達が戦っていたコボルトナイトなどの上位種の残党も消滅した。

「このダンジョンはボスモンスターを倒すと、ボス部屋に出現していたモンスターは消える仕様みたいだね。楽でいいや」

クロードはみんなと一緒にドロップアイテムと宝箱を回収してから、次の二十一階層へと向かった。


今、クロード達は三十階層のボス部屋の前にいる。

「みんな、今までのボス部屋の事を考えると、今回のボス部屋の中にはBランクモンスターのバトルホースかドラゴンホースのどちらかがいると考えて間違いない」

そこでいったん言葉を区切ったクロードは、再び口を開く。

「ここで一晩野営して明日の朝からボス部屋に挑むのと、すぐにボス部屋に挑んでボスを倒してから野営するのとどっちが良いと思う？」

クロードの質問に対して、みんなはすぐにボス部屋に挑戦する方を選んだ。

全員の意見が一致したので、クロードは各種ポーションで体調を万全にしてからボス部屋の中へと入る。

しかし、中に足を踏み入れると絶句した。

なんとボス部屋の中にいたのは、Bランクモンスターのバトルホースでもドラゴンホースでもなく、ドラゴンホースの上位種であるAランクモンスター――竜馬《りゅうま》だったのだ。

「なんでこのダンジョンはイレギュラーな事ばかり起きるんだよ……！　Bランクダンジョンなんだから、常識的に考えてもBランクモンスターでしょ、ボスモンスターは」

クロードは愚痴をもらしながらも、自分は『鑑定』で竜馬のステータスを確かめる。

【名　前】
【種　族】竜馬
【レベル】（54／100）
【称　号】Aランクモンスター、三十階層ボスモンスター
【能力値】
体　力　21600　魔　力　23750
攻撃力　21900　防御力　24100
魔　攻　19250　魔　防　20840

素早さ　26200　器用さ　20150
魅　力　17370

「思っていたよりステータスは低いな……これなら俺とレイアだけでも余裕で倒す事が出来るけど、それだとナビーやベロニカや子供達のレベル上げにならないからな」

　クロードは少し考える。

「ん〜、よし、みんなには最初に何発か竜馬に攻撃を当ててもらおう。その後、俺とレイアで一気に倒してしまえばいい。一度でも攻撃が当たれば経験値は入るだろうし、早く戦闘が終わってみんなのレベル上げにもなって一石二鳥だ」

　早速方針を決めると、クロードはみんなに指示を出した。

　その指示に従って、それぞれが竜馬に向かって攻撃をしかけていく。

　そして、みんなの攻撃が一通り竜馬に当たった後、クロードは全員を後ろに下がらせてからレイアと共に竜馬に向かって猛スピードで駆け出した。

「レイア、左右から挟み撃ちにするぞ。竜馬の首を切りに行く。タイミングを合わせてくれるか」

『わかりました。では、行きましょうか』

　クロードとレイアは左右に分かれ、楕円《だえん》を描くように徐々に加速しながら竜馬に向かっていく。

そして同時に竜馬のもとに辿り着き、交差するように通り過ぎた。

二人が通り過ぎていった後には竜馬の胴体と、その近くに綺麗に切り飛ばされた首が落ちていた。

「おお、あの強力な竜馬を一撃なんて……流石はクロードとレイアだな。あたいもいつかあのくらい出来るようになりたい」

「ええ、一刻も早くあの領域まで辿り着き、マスターのお役に立たなくてはなりません。いつまでもレイアさんにだけ負担を背負ってもらっていては申し訳ありませんからね」

ベロニカとナビーが話していると、そこにクロードとレイアが竜馬のドロップアイテムと宝箱を回収して戻ってきた。

「よし、このボス部屋はもう安全地帯だ。今日は予定通りここで野営して、明日からダンジョン攻略を再開しよう」

クロードはテントをボス部屋の中心に張り、野営の準備をし始めた。

野営の準備を終えたクロードは、早速夕食の用意を始めた。

「よし、今日のメイン料理はビーフシチューにしよう。ナビーはビーフシチューにつけあわせを作ってくれる？　なんでもいいからね」

「はい。わかりました」

ナビーは返事をすると、黙々とつけあわせを作り始めた。

今度はベロニカに声をかける。

「それじゃあ、ベロニカは一人でサラダを作ってみようか。時間は気にしなくていいから」

「ああ、わかった」

ベロニカもゆっくりキャベツの千切りを作り始めた。

クロードは肉の下処理をしてから、赤ワインなどの材料でビーフシチューのルーを作り、そのルーに下処理を終えた肉を浸して煮込む。

魔法を駆使しながら十数分でビーフシチューを完成させると、お皿によそってナビーが作ったつけあわせをかたわらにつける。

ベロニカが作ったサラダと白いパンと一緒に食卓へ持っていき、みんなで美味しくいただいた。

＊＊＊

竜馬を討伐した翌日の朝——

クロードはテントに設けてある自分の個室で、ふと目を覚ました。

横を見るとそこには寝巻が半《なか》ばはだけて、胸があらわになりかけているベロニカが気持ち良さそうに寝ていた。

クロードはそんなベロニカから目をそらすために反対側を向く。そちらには寝巻をきちんと着た状態のナビーが寝息を立てていた。

「な、なんなんだこの状況は⁉　なんでベロニカとナビーが俺の部屋で……しかも俺を挟むような形で眠ってるんだ。しかもベロニカは寝巻がはだけてるし……」

クロードは目をそらそうと努力しながらも、我慢出来ずにベロニカをチラチラと見てしまっていた。


それから数分後――

クロードがまだこの状況を理解出来ずにベッドの上で悶々《もんもん》としていると、突然ベロニカが身じろぎをして薄く目を開けた。

「う～ん。ん、あれクロード、どうしてお前がここにいるんだ？　ここはあたいの部屋だろ」

ベロニカは仰向けに寝がえりをうちながらクロードに問いかけてきたが、クロードはというと、その問いに答える余裕などなかった。

寝がえりをうった事により、先程よりも見えそうになっているベロニカの胸元を凝視《ぎょうし》してしまっている。

ベロニカはクロードの様子を訝しみながら上半身を起こして、彼の目線をたどった。

自分の胸元を見て現状を認識したベロニカは、次第に顔を真っ赤にしていき、毛布で体を隠して「きゃあああ」と悲鳴を上げた。

クロードはベロニカの悲鳴とほとんど同時に盛大に鼻血を噴き出し、白目をむいてベッドに倒れて気絶した。


「マ、マスター、マスター、そろそろ起きてください。もうすぐお昼になりますよ。マスター」

クロードは、ナビーの呼びかけで目を覚ました。

「ん～、ここは……？」

目を擦りながら上半身を起こして周りの様子を窺《うかが》っていると、ナビーが現在の状況を教えてくれた。

「なるほどね。それで俺は、気絶して今までベッドで眠っていたわけか」

状況を理解したクロードは、顔を赤くしながらナビーに尋ねる。

「それで……被害者であるベロニカは今どうしているんだい？　段々思い出してきたけど、とんでもなく大きな声で悲鳴を上げてたからだいぶショックを受けていたと思うんだけど……彼女は大丈夫なの？」

「ええ、悲鳴を上げた後すぐにマスターが鼻血を噴き出して気絶してしまったので、ショックを受けるどころかそんな暇すらなく正気に戻っていました。私達と一緒に気絶したマスターのお世話をしていましたよ。今はキッチンでお昼に出すサラダを作っているところです」

「そうか、ベロニカにもみんなにも迷惑をかけてしまったみたいだね。それに今日の予定も俺が気絶したせいで大幅にずれてしまったみたいだし、昼食の時に謝る事にするよ」

「ええ、それが良いと思います」

事情を教えてもらったクロードは、ベッドから出てみんながいるリビングに向かった。

「みんなおはよう。なんだか随分と迷惑をかけてしまったようで、本当にごめん。それにベロニカにも……今朝起こった事で不快な思いをさせてしまったなら、申し訳ない」

「何言ってるんだ。あれはあたいが夜中にトイレに行った帰りに部屋を間違えたのが悪かったんだ。まさかクロードの部屋に入って、そのままクロードのベッドで寝てしまうなんてな……それに服をはだけさせたのもあたいだし。そ、それに悲鳴を上げたのも恥ずかしかっただけで、別に不快に思ったわけじゃないんだ」

ベロニカはクロードの勘違いを正すと耳まで赤くしながら下を向き、その後はただ黙々とキャベツを千切りにしていた。

クロードはまだ貧血気味だという事で、ナビーが今日の昼食を作りみんなで食べた。

その後、少し食休みしてから、今日のダンジョン攻略を開始した。

＊＊＊

それから二日経ち、現在クロード達は六十階層にあるボス部屋の前まで来ていた。

クロードは装備の点検を済ませてから、ボス部屋の扉を見上げて言う。

「このボス部屋の扉の装飾は今までのものよりも何倍も豪華になっている……という事は、ここがこのダンジョンの最下層である可能性が高いと思うんだ。だから当然出てくるモンスターも今までのボスモンスターより強力な個体である可能性が高い。みんな、今まで以上に気を引き締めてボスモンスターの討伐にあたってね」

そして、クロードは豪華な扉を開けて中へと入った。

そこは真っ暗で、何も見えない。

「マスター、前方に何かがいます」

「ああ、わかってるナビー。みんな、辺りの警戒を怠《おこた》らないで、お互いに注意し合って対処してね」

クロードがみんなに指示を出していると、突然ボス部屋の中が明るくなり、辺りの様子が確認出来るようになった。

クロードは姿をあらわにしたモンスターを見つめた。

「あれはブラックキングウルフか……いや、でもそれにしては体毛の色が濃いような気がするな」

観察しながら、再度みんなに注意を促す。

「いつあのモンスターが攻撃をしかけてくるかわからないから、しっかり相手を見ながら対応するよ」

クロードがブラックキングウルフらしきモンスターのステータスを『鑑定』しようとした時、突如そのモンスターの姿が消えた。

「警戒して！　どこから襲ってくるかわからないよ」

クロード達が武器を構えて辺りを警戒していると、突然後ろの方にいたベロニカの叫び声が聞こえた。

「きゃあああ！」

「どうしたベロニカ！」

クロードが振り向くと、そこには腹部から血を流しているベロニカの姿があった。

警戒を解かずに慎重にベロニカのところまで行き、傷の手当てをしつつ何が起きたのか尋ねる。

すると……

「あのモンスター、突然あたいの影から出てきて爪で引っかいてきやがったんだ。気を付けろみんな、あいつは影に潜って攻撃してくるぞ」

周囲を見回すと、ブラックキングウルフらしきモンスターは元いた場所に戻っていた。

クロードは、今度こそ『鑑定』でそのモンスターを調べる。

【名　前】
【種　族】シャドウウルフ
【レベル】（37／100）
【称　号】Aランクモンスター、六十階層ボス
【能力値】

体　力	32620	魔　力	37110
攻撃力	31900	防御力	29580
魔　攻	30280	魔　防	31950
素早さ	47270	器用さ	27360
魅　力	20110		

【スキル】
闇《やみ》魔法Ｂ（ＭＡＸ）　噛み砕くＢ（５／１０）
暗黒魔法Ａ（１／１０）　双牙Ａ（８／１０）　双爪Ａ（４／１０）
【ユニークスキル】
影移動ＳＳ（７／１０）

なんとこのモンスターは、Ａランクモンスターのシャドウウルフだった。

「『影移動』……このスキルで突然ベロニカの影から出てきて攻撃してきたってわけか。今回のボスは中々に厄介なスキルを持っているみたいだね。みんな、あいつがあの場から消えたら自分の影と周りを警戒して対処して」

クロードがシャドウウルフを注視しながらみんなに注意喚起していると、突然上空に黒いシャボン玉のようなものが無数に浮かび始めた。

「ナビー、あの黒いのは一体なんなの。あんなの見た事ないんだけど」

「あれは、闇魔法の初級魔法に属している『ブラックバブル』です。魔法を吸収してあの玉のどれかからその魔法を撃ち出す事が出来ます。しかし、あのシャドウウルフは本来の使い方に加えて、無数の『ブラックバブル』により生まれた影を利用しているようですね」

クロードは苦々しげな表情を浮かべる。

「なるほどね。ようするにますます厄介で面倒くさい相手になったって事だよね」

「その認識で間違いないかと思われます」

ため息をついたクロードは、改めて指示を出す。

「ナビーとベロニカ、子供達は防衛だけ考えて行動してね。反撃出来たらしても良いけど、相手のステータスを見る限り、やらない方が安全だ。とにかく死なないように生き残る事だけ考えて。シャドウウルフは、俺とレイアで倒すからね。あ、あと、一応みんなには俺とナビーで支援補助魔法の防御力超上昇と俊敏力超上昇をかけておくよ」

そして、クロードはナビーと一緒にみんなに支援補助魔法をかける。

それが終わると、レイアと共にシャドウウルフを倒すため、敵と影の位置に注意しながら駆け出した。

シャドウウルフは二人を迎え撃とうと無数の『ブラックアロー』を撃ち出す。

その『ブラックアロー』を『ブラックバブル』に吸収させ、ボス部屋の至るところに浮かんでいる玉からクロード達目がけて射出した。

クロードは、初めからこんな方法で攻撃してくるとは思っていなかったので、急いで後方で待機しているナビー達を結界魔法で囲み、安全を確保した。

レイアとともに『ブラックバブル』を介した無数の『ブラックアロー』での攻撃を防ぎながら、なんとかシャドウウルフに近づこうと試みる。

『ブラックアロー』そのものは気を付けていれば、危なげなく回避出来る。

しかし、シャドウウルフにもう少しで接触出来るといったところで、クロードは敵の姿を見失ってしまった。

クロードとレイアは急いで辺りを見回してシャドウウルフを探す。

その時、急に背後に何かが現れる気配を感じた。

クロードは急いでその場所から離れようとしたが少し遅く、背中を何か鋭いもので引っかかれる感覚が襲ってきた。

痛みを感じる背中に手をやる。手に生あたたかいものを感じて見てみると、そこには血がべったりとくっついていた。

「くそ……痛いな。少し油断しちゃったな。みんなに油断するなって言ってた俺が負傷しちゃうなんて、カッコ悪すぎる」

『主様、そんなに愚痴っている暇があるなら、わたくしが奴を抑えておきますのでその間に背中の傷の手当てをしてください。でもわたくしだけですと、あまり時間は稼げません。出来ればすぐに戻ってきてくれると嬉しいです』

「ああ、わかったよ。少しの間シャドウウルフの相手を頼んだ」

クロードは負傷した背中の傷を治すため、アイテムボックスからヒールポーションを一本取り出す。

シャドウウルフの居場所を把握して警戒しながら一気にヒールポーションを飲み干して背中の傷を治すと、すぐにレイアのもとに戻った。

『主様、背中の傷の手当てはもう終わったのですか。もう少し時間をかけて治療をしてきても良かったのですよ』

「いいんだよ、レイア。それより、俺が治療をしている間に何かシャドウウルフの弱点とかは発見出来たの？」

『そうですね。しいて言うなら「影移動」には再度発動するまでに五秒程のタイムラグがあるという事ぐらいでしょうか。それ以外に気付いた事は特にありませんね』

しかし、クロードは首を横に振る。

「いや、いや、レイア、その情報は結構重要だからね。シャドウウルフの攻略はその五秒程のタイムラグを狙っていくしかないかもな」

『ですが主様、奴はその五秒の間「ブラックアロー」を今まで以上に連発してきます。その「ブラックアロー」を回避しながら接近しようとしている間に五秒が経ってしまいます』

「それなら大丈夫だよ。『ブラックアロー』の対策には『転移』を使う。『転移』は一度行った事のある場所か目に見えている場所に移動する事が出来る。その効果を利用して俺とレイアをシャドウウルフの背後に転移させる。そこからはスピードの勝負だよ」

『なるほど……『転移』なら移動時間はかかりませんし、「影移動」よりも相手に感知されにくいですしね。それにその後わたくしと主様で同時に攻撃すれば、奴は防御をする事が困難になりますね』

「うん。たとえ初撃を防がれても、五秒あれば次の『影移動』までの間に追撃出来る。この戦法を続けていけば、シャドウウルフを倒せるはずだよ」


作戦を実行しつつシャドウウルフと戦い始めてから、十数分が経った頃――

クロードとレイアは、これまでやってきたのと同じようにシャドウウルフが『影移動』して現れた場所に転移した。

そこで、クロードは『サウザンドサンダーブレード』を、レイアは『獄炎牙』をシャドウウルフに叩き込む。

二人の繰り出した攻撃はシャドウウルフに直撃した。

シャドウウルフは倒れて動かなくなり、やがて死体は光の粒子になって消える。

その場にはドロップアイテムの入った宝箱と転移陣が一つ残されていた。

「ふう……やっと終わった。シャドウウルフ、中々強敵だったな。さてと地上に戻りますか。ダンジョンに潜ってもう四日も経ってるからな。ミレイや他の人達に心配かけてるだろう」

クロードはひと息ついてからレイアにそう言うと、ナビー達の周りに張っていた結界魔法を解いて合流した。

「マスター、レイアさん、お疲れさまです。少しここで休憩してから地上に戻りましょう」

「そうだね」

クロードはボス部屋で休憩してからドロップアイテムの入った宝箱を回収し、地上に転移するための転移陣に乗った。

【クロードの従魔レイアがレベル上限に達しました。これより種族が進化します。進化先の候補が複数あります。どれか一つを選んでください】

1：　ウィンドウルフ
2：　フレイムウルフ

3・・ シルバーフェンリル

疲れていたクロードは、頭の中で聞こえた声に気付く事なく地上に転移していった。

地上へと戻ってきたクロードがギルドの派出所の前を通りかかった時、ダンジョンに入る直前に話したギルドの職員が勢いよく駆け寄ってきた。

「おい、お前達、ダンジョンに潜って四口間も一体何をやっていたんだ。こっちがどれだけ心配したと思っているんだ。あと少しで捜索隊を結成して、お前達を探しに行くところだったんだぞ」

その言葉を聞いて、クロードはすまなそうに言う。

「そうだったんですか。ご心配をおかけして申し訳ありませんでした。あ、それと俺達ダンジョンを全て攻略してきました。今日はもう遅い時間なので明日の朝、冒険者ギルドに報告に行ってこようと思います。ではこれで失礼します」

クロードはそう言ってその場を去る。

ギルドの職員は、Bランクパーティのクロード達がダンジョンを攻略したという事に驚いて呆然としていた。

Ｂランクダンジョン『獣の系譜』をあとにしたクロードは、転移魔法で迷宮都市ネックの近くまで移動する。

ネックの城門前に出来ている列に並んで、自分達の番が来るのを待った。

「はい。次の人、身分証を提示してくれる？」

クロード達は各自、自分の冒険者カードを出して門兵に見せた。

「お、お前達は冒険者か。仕事の帰りか？」

門兵の質問にクロードが答える。

「はい、四日間ダンジョンに潜ってたんです」

「ほお、四日間も……どこのダンジョンだ？」

「この街の近くにあるＢランクダンジョン『獣の系譜』ですよ」

「あそこにＢランクパーティが四日間も潜ってたのか。よく生きて帰ってきたな。よし、全員分のギルドカードの確認が取れたからもう通って良いぞ。仕事お疲れさんな」

「そちらこそお疲れさまです」

もう夜になっていたので予定通りギルドへの報告は明日にして、そのまま宿泊している宿に戻った。

夕食を済ませ、泊まっている部屋で休む。

「はあ～、今回のダンジョン攻略は中々いい経験になったな」

クロードが今回のダンジョン攻略を一人で振り返っていると、突然頭の中に世界の声が聞こえてきた。

【再度報告。クロードの従魔レイアがレベル上限に達しました。これより種族が進化します。進化先の候補が複数あります。どれか一つを選んでください】

1：ウィンドウルフ
2：フレイムウルフ
3：シルバーフェンリル

「おお、レイア、なんか進化するみたいだぞ」

レイアはクロードに言われて、ステータスを確認する。

『あ、本当ですね。えっと、進化先は三つあるみたいです。主様、どれにすれば良いでしょうか』

「進化先はレイアが好きな種族を選べば良いと思うよ。念のため種族のランクだけ『鑑定』して教えるね。ええっと……」

クロードは提示された種族を調べる。

「まず、ウィンドウルフはAランクモンスターで、風魔法や嵐魔法を操るのに秀でた種族だね。フレイムウルフもAランクモンスターで、こっちは火魔法や炎魔法が強い。最後のシルバーフェンリルだけはSランクモンスターで、氷魔法に秀でているみたいだ」

『あの主様、シルバーフェンリルに進化すると、今まで覚えてきた技や魔法はどうなってしまうのですか』

レイアの質問に、クロードが答える。

「ああ、そのまま使う事が出来るよ。心配しなくて良い」

『そうですか、わかりました。では、わたくしはシルバーフェンリルに進化しようと思います』

「うん、レイアが良いなら」

クロードがレイアの決断を了承すると、その直後レイアの体が輝き出して、骨格が徐々に大きくなっていった。

光が収まると、そこには体長五メートル程のシルバーフェンリルに進化した、レイアの姿があった。

『主様、シルバーフェンリルへの進化、完了しました。凄い力が漲《みなぎ》ってくるのを感じます。これで今まで以上に主様のお役に立てると思うと、嬉しくて仕方がありません』

「ありがとう。これからもよろしくお願いね、レイア」

『はい』

その後、みんなでレイアの進化をお祝いして眠りに就いた。

＊＊＊

翌日――

クロードは朝食後、ダンジョンで得たモンスターのドロップアイテムを買い取ってもらうために冒険者ギルドに向かった。

ギルドに着くとすぐにミレイが受付をしているカウンターの列に並んで、自分達の順番が来るのを待つ。

五分程で列の先頭に来た。

「あ、クロード！　無事だったのね。四日間も顔を見ないと、流石の私も心配で仕事があまり手につかなかったわよ。全く……もう少し早く戻ってきなさいよね」

ミレイのその言葉に、クロードは苦笑いだ。

「それで、これがこの前持ち込んだドロップアイテムの買取金ね。白金貨が四枚入ってるから確認してくれる？」

「ああ、ちゃんと入ってるよ。あ、それと俺達、Bランクダンジョン『獣の系譜』を完全攻略してきたからその手続きもお願いして良いかな。それとナビーとベロニカのジョブの更新とレイアの種族の更新も」

クロードの話を聞いていたミレイが固まった。

一瞬の静寂の後、彼女は絶叫する。

「な、なななななんですってえええええ⁉」


少ししてようやく落ち着いたミレイがため息をついた。

「はあ～、あなた達のする事に今更驚いていても仕方ないわね。手続きしてくるからあなた達のギルドカードを預からせてもらうわね。少し時間がかかるけど待合室で待ってる？」

「いや、今回得たドロップアイテムを買い取ってもらいに行ってくるよ」

「そう、わかったわ」

ミレイはそう言って、カウンターの奥へと下がっていった。

ナビー達を待合室に待たせて買取カウンターへと向かったクロードは、受付をしていた女性に声をかけた。

「すみません。ダンジョンで取れたモンスターのドロップアイテムを買い取ってもらいたいんですが……」

「あ、クロードさんですね。あなたの事は所長から聞いていますよ。今回も買取の素材の量が多いのですよね」

「はい。なんか毎回毎回量が多くてすみません」

「いいえ、こちらとしてもありがたい事ですから、気になさらないでください。それでは、裏の倉庫に向かいましょうか。あ、私はエミって言います。今後ともよろしくお願いいたします」

受付嬢のエミに連れられて、ギルドの裏にある倉庫に足を運ぶ。

裏の解体場に着いたクロードとエミが開いている倉庫に近づくと、こちらに声をかけてくる人がいた。

「おう、クロードじゃねえか。また素材の持ち込みか」

「あ、所長さん。この前のダンジョンで得たドロップアイテムの査定、ありがとうございました。実は今回もドロップアイテムの査定をお願いしたいのです。前回よりも量が多いんですが、大丈夫ですか？」

「ガハハハッ、大丈夫だ。まあ、二、三日時間をもらうけどな」

「それなら大丈夫ですよ。今回査定してもらうドロップアイテムには、肉類はありませんから。腐る心配がないのでいくらでも時間をかけてください」

「ガハハハッ！　そうか、わかった。それじゃあ、査定するドロップアイテムをそこの倉庫に出してくれ」

クロードは、所長に言われた通りにドロップアイテムを倉庫に全て出した。

「おお、今回は本当に数が多いな。前回のざっと十倍近くはあるんじゃないか。こいつの査定には二、三日じゃ足りないな。四、五日は欲しい。それでも大丈夫か、クロード」

「ええ、俺達は急いでいないので全然構いません。ゆっくりやってください」

「わかった。それじゃあ、六日後にギルドに来てくれ。さて、早速、取りかかるとするかな。俺はもう行くわ」

所長はそう言うと、部下を集めに行ってしまった。

「それじゃあ、私達はギルドに戻りましょうか」

「そうですね」

エミに言われてギルドへ戻ってきたクロードは、待合室でナビー達と合流した。

しばらくすると、カウンターの方からミレイが呼びに来たので、彼女と一緒に受付に行く。

「この書類にナビーとベロニカの新しいジョブと、レイアの新しい種族を書いてくれる？　その書類の内容をギルドカードに反映させるから」

「わかったよ」

クロードは言われた通りに書類に記入して、ミレイに渡した。

ミレイはその書類を魔道具にセットしてから、預けていたクロード達のギルドカードにその内容を反映していく。

「よし、これで終了っと。はい。ギルドカードは返すわ。内容が更新されているか、確認してくれる？」

「うん……大丈夫みたいだね。ナビーとベロニカのギルドカードも問題なかった？」

クロードが尋ねると、二人とも頷いた。

「はい。私のギルドカードは大丈夫です」

「あたいのも問題ない」

「そう、なら良かった」

二人の返答を聞いたミレイは満足そうな表情を浮かべる。

それから思い出したように告げる。

「あ、そうそう、あなた達のパーティ『天の祝福』に、王城から召喚状がギルドあてに届いたわ。この間クロードに聞かれた、勇者パーティ候補関連の事件、まだまだ続いているみたいで、勇者パーティ候補の数が大幅に減ってしまったから、あなた達にも王城から召喚状が来たのかもね。とにかく謁見に行く必要があるみたい」

ミレイはそこでひと息ついて、また口を開く。

「招待状には三日後に登城されたしって書いてある。王城からの招待である以上、断る事は出来ないし、行くしかないわね」

「急な話だな……」

「それは仕方ないわね。一週間後、今回選定されたパーティと既に勇者パーティ候補になっているパーティを集めて王城で歓迎会を開くみたいだから、美味しいものでも食べてきなさい。あ、それと、あなた達は今日をもってAランクパーティになったわ。加えて全員ワンランクアップだからね。ほら、ギルドカードを見てみなさい」

ミレイに促されて、クロードは手元のカードを見る。

「本当だ。パーティランクも個人のランクもAランクになってる」

「まあ、今後も何があるかわからないけど、必ずここに帰ってきなさいよ。帰ってこないと私が寂《さび》しいんだからね。私、泣いちゃうわよ」

冗談めかしたミレイの言葉に、クロードは苦笑しながら答える。

「わかってるよ。さて、とりあえず王都に向かいますか。みんな、旅の支度を整えて明後日、王都に出発するよ」

ナビー達は頷いた。

そこで、クロードはふと疑問に思った事を口にする。

「あ、でも、三日後なんてここからじゃ遠すぎて到底無理じゃないかな」

「あ、その点は気にしなくても大丈夫よ。各冒険者ギルドに設置してある緊急用の転移陣を使って王都の冒険者ギルドに飛んでもらうから」

「あ、そんなものがあったのね。それじゃあ、二日後に出発するからよろしくね」

その二日後、クロード達は旅の支度を整えて王都へと旅立った。

同じ頃、王都近くにある複数のダンジョンでは、まだ謎に包まれた魔王軍により人為的なスタンピードが起こされようとしていた。

閑話5

アレックスを追放したシリウスは、そのままパーティメンバーと合流してしばらくゴルドで宿泊する宿を探していた。

シリウス達『銀狼の牙』の面々が街中を歩き回っていると、遠くに三階建ての立派な宿屋が見えてきた。

「おお、良さそうな宿があるじゃねえか。よし、お前らあの宿にするぞ。マルティ、先に行って部屋を取っておけ。最上階の一番良い部屋だからな。ほら、急げ」

マルティはシリウスに急かされ、慌てて宿へ走り出した。


シリウスは先行して宿屋へと向かったマルティの後をゆっくりと歩きながら追いかけ、到着すると、待っていたマルティに話しかける。

「おい、ちゃんと最上階の一番良い部屋を取れたんだろうな。もし、取れてなかったらあとでお仕置きしてやるからな。はははははは」

「ええ、ちゃんと一番良い部屋を取っておきましたわ。宿泊料金は一泊、朝、昼、夕のご飯付きで十万メルだそうです。一応、一週間宿泊する事にしましたので、先に代金の支払いをお願いしますわ」

それを聞いたシリウスは呆れた表情を浮かべる。

「はあ、何言ってんだよ、マルティ。宿泊費はお前のギルドの口座から払うんだよ。当たり前だろ？　俺様は勇者パーティに入るんだから、俺様以外のパーティメンバーであるお前達の誰かが色んな費用を払ってサポートするに決まってるじゃないか。んん、お前達もそう思うだろ？」

「……そうですわね。わたくしとした事がうっかりしていましたわ。今から払ってきます。あ、これが部屋の鍵ですわ。先に行っててくださいまし」

「ああ、頼んだぞ、マルティ」

そう言ってシリウスはケイトとアイリを連れ、借りた部屋へと向かっていった。

受付に残されたマルティは自分のギルドカードを取り出し、宿泊費の支払いを済ませて、急いでシリウス達を追った。

部屋に自分達の荷物を置いた『銀狼の牙』の面々は身支度を整えると、宿を出て冒険者ギルドに新メンバーの募集をしに向かった。

冒険者ギルドに着いたシリウスは、時間帯のせいかガラガラに空いている受付カウンターで受付嬢に話しかけた。

「パーティメンバーの募集をしたいのだが、申請用紙をくれないか」

「はい。少々お待ちください」

受付嬢はそう言うと、カウンターを離れて後ろの棚から申請用紙を持って戻ってきた。

「こちらが申請用紙となります。必要事項を書いてから提出してください」

シリウスは書くのを面倒くさがり、申請用紙の記入をアイリに任せてケイトとマルティを連れ、待合室でくつろぎ始めた。

アイリはさっさと記入を終わらせて申請用紙を受付嬢に渡した。シリウス達が待っているギルドの待合室で合流する。

『銀狼の牙』の面々は依頼ボードを見て、手頃な依頼を受けてギルドをあとにした。

ギルドを出たシリウス達は、迷宮都市ゴルドをいったん離れた。

今回受けた依頼の討伐対象であるBランクモンスターのロック鳥を探すため、ゴルドの近くにある丘を目指すのだ。

現在はその丘への道の途中にある平原に来ていた。

「あの遠くの方に見えているのがロック鳥が目撃された丘だね。近くに街道も通っているから討伐依頼が出るのもわかる気がするな」

アイリが丘と街道とを見ながらそう呟いた。

「そんな事はどうでも良いだろ。さっさとあの丘に行ってロック鳥を討伐しちゃおうぜ。ちゃっちゃとこの依頼を終わらせて、明日のダンジョン攻略のための準備をしたいからよ」

シリウスはそう言うと、メンバーを連れて遠くに見える丘へと急いだ。


丘に到着したシリウスは早速ロック鳥の姿を探す。

しかし、どこにもいない。

「丁度食料でも探しに行ってしまったのか。シリウス、ここで焚火《たきび》でもしてロック鳥が戻ってくるのを待つか？」

「ああ、癪《しゃく》だが依頼を達成しないままゴルドに帰るのも嫌だしな。少し待ってみるか」

シリウスはケイトの提案を受け入れて、丘の中心で火を起こし、ロック鳥が丘に戻ってくるのを待つ事にした。

それから数時間後――

とうとうシリウスが痺《しび》れを切らした。

「いったいいつになったらロック鳥は戻ってくるんだ。もうかれこれ四時間はこうやってじっと待っているんだぞ。もう日も暮れ始めているじゃないか」

シリウスが癇癪《かんしゃく》を起こして騒いでいると、突如『銀狼の牙』の面々が焚火を囲っていた場所を巨大な影が覆いつくした。

辺りが突然暗くなった事で、シリウス達は混乱する。

マルティとケイト、アイリがふと自分達の頭上を見上げると、そこには待ちに待ったロック鳥の姿があった。

「シリウス、見て。ロック鳥が来たみたいよ」

アイリが声をかけるとシリウスはやっと冷静さを取り戻して、自分の頭上を飛ぶロック鳥を忌々《いまいま》しげに見つめた。

「ちくしょう。散々待たせた挙句《あげく》に、この俺様に醜態《しゅうたい》を晒《さら》させるとは万死にあたいする。今すぐに討伐してやるから、さっさと地上に降りてこい！　正々堂々と俺様と戦いやがれ」

シリウスは正気を保てなくなったのか、上空を飛ぶロック鳥に叫びまくる。ロック鳥は我関せずといったふうに飛び回るだけで、これといった反応を示さなかった。

それを見たシリウスは頭に血が上りすぎて、到底届くはずのない高さを飛んでいるロック鳥目が

けて色々な魔法を撃ちまくった。

やがて、魔力を使い果たしたシリウスは、魔力枯渇により気を失い、屈辱《くつじょく》の撤退をよぎなくされた。

＊＊＊

シリウスは迷宮都市ゴルドにある治療院のベッドで丸一日眠り続け、ようやく目を覚ました。

「ん～……ここはどこだ？　俺様は一体ここで何を……はっ」

そこでシリウスは昨日の出来事を思い出す。

「俺様はゴルドの近くにある丘でロック鳥と戦っていたはず。なのになんでこんなところにいるんだ。ここはどこなんだ」

自分が置かれている状況を理解出来ずに悩んでいると、見回りに来ていた治療院のシスターがシリウスが目を覚ましたのに気が付いた。

彼女は一緒に見回りをしていたシスターに神父を呼んでくるように言ってから、シリウスのもとに近づいてきた。

「シリウスさん、目が覚めたのですね」

「ここはどこだ？　俺様はなんで丘でロック鳥と戦っていない」

「ご説明しますから、少し落ち着いてください。まず、ここはゴルドにある唯一の治療院です。あなたは昨日の夜、魔力を使い果たした事による魔力枯渇で気を失い、あなたのパーティメンバーによりこの治療院に運ばれてきました。そして、運び込まれてから丸一日が経っています。これが今のあなたの状況です」

「何⁉　丸一日も俺様はここで眠っていたのか」

シリウスは今の自分にとって一番の懸念事項について考える。

それはケイトとアイリ、マルティにかけていた『魅了の魔眼』の効果が、今どうなっているかという事だった。

（俺様が魔力枯渇で気絶していたという事は、その間、自動的に魅了状態を維持するためにあいつらに注がれていた魔力が丸一日近く途切れていた……？）

さらに考える。

（つまり今、あいつらの魅了状態は著しく薄れている可能性が高い……もしそうなら、俺様のせいで自分達がひどい事を言いながらクロードの奴を追放した事も認識されてしまう。そうなったら俺様の命が危ない）

ここまで思い至っても、シリウスは解決でなく逃亡を考えていた。

（いっその事、今から逃げ出して帝国でまた勇者候補として名乗りをあげ、帝国で勇者を目指すか？）


そのような事を考えていると、もう一人のシスターが神父を連れてやってきた。

神父はシリウスの容態が問題ない事を確認してから、念のため数日安静にするようにと言って、部屋を立ち去っていった。


一方その頃、ケイトはアイリ、マルティとともに自分達が宿泊している宿で夕食を食べ終えて、部屋に戻ってきていた。

「おかしい……クロードは無能だったから、このパーティを追放されたんだよな？　なのになんで私の心はこんなにも張り裂けそうなんだ。いくら考えてもわからない。明日、起きたらみんなに相談してみるか」

ケイトは、自分の心のありように困惑しながら眠りに就いた。

同じ頃、彼女だけでなくアイリとマルティも、クロードの事で自分の心が張り裂けそうになっている事に困惑していた。

＊＊＊

翌朝――

ケイトは目をこすりつつ起き上がると、段々と意識が覚醒《かくせい》していった。

改めて昨日感じた事について思いを巡らすと、クロードを傷つけてきた自分の今までの言動を認識する。

ついにケイトは、自分がした事に耐え切れなくなり、ベッドに潜り込む。布団にくるまると、声にならない叫びを漏らしながら泣き続けた。

正午過ぎ――

目を赤くして部屋を出たケイトは、おぼつかない足取りで一階にある食堂に行く。

そこには、自分と同じように目をはらした状態でテーブル席に座っているアイリとマルティの姿があった。

ケイトとアイリ、マルティにシリウスがかけた『魅了の魔眼』の効果は既に消えていた。三人は正気に戻り、シリウスへの怒りの感情が彼女達の心にわきあがっていた。

三人は昼食を手早く済ませた後、シリウスが入院している治療院に向かうために宿を出た。

一方のシリウスはまだ治療院にいた。

彼を運んできたケイトとアイリ、マルティの様子を見たシスターが、三人の瞳が濁《にご》っており、まるで正気ではないと判断したため、神父に報告したのだ。

シリウスを監視する許可を得たシスターが、数人で交代しながら常に見張っていたため、シリウスは思うように身動きが取れなかった。

部屋から抜け出せず、神父からも安静にしているように言われている事もあり、彼は大人しくベッドに横になっていた。

その状況に焦り始めた頃、治療院の外から誰かが言い合いをしている声が聞こえてきた。

「なんだ。騒がしい来客もいたものだな。この俺様がこんなに窮屈《きゅうくつ》な思いをしてるっていうのに。全く困った者達だ」

イライラしているシリウスは、気持ちを落ち着けようと息を吐く。

「しかし、どうやってここから抜け出して帝国へ向かったものか……シスター達があんなに巡回しているんじゃ、うかつに動けない。これ程の時間、あいつらから離れていては三人にかけていた魅了の効果はもう消滅してしまっていると思って良い。という事は、いつあいつらがここに怒鳴り込んできてもおかしくない。はあ〜、一体どうしたらいいんだ」

シリウスは、どうやってこの治療院から抜け出すか、ベッドに横になったままずっと考え込んでいた。

宿を出てシリウスのいる治療院に向かったケイトとアイリ、マルティ。

彼女達は目的地の治療院の前まで来ていた。

鬼の形相で治療院に入るための手続きをせずに中に入ろうとしていたため、入り口で警備の者に止められて口論になっていた。

「なんで通してくれないのよ！　ここにはあのクソ野郎がいるのよ。私達を何かのスキルでおかしくして、私達が大切に思っていた人を、私達を使って無理矢理パーティから追放させた。彼に向かって私達にあんなひどい事まで言わせて……許せるわけないじゃない、そんなの！　だから私達はシリウスに会う必要があるの！」

三人を代表してアイリが涙ながらに警備の者に訴えていると、治療院の中から一人のシスターと神父が出てきた。

シスターが警備の者に尋ねる。

「なんの騒ぎですか？」

「あ、シスター、それがですね。この方達が治療院に入るための手続きをせずに中に入ろうとしましたので、止めに入ったところ、急に騒ぎ始めまして。何か理由を言っているのですが、混乱しているのか要領を得ず……困っているんですよ」

「なるほど。では、ここは私達に任せてください。あなた達、私と神父様のあとについてきてください。間違っても暴れたりしないようにお願いしますね」

ケイトとアイリ、マルティは、シスターと神父に続いて治療院の中に入った。


三人は治療院の中にある応接室に通された。

ソファーに座ると、シスターと神父は対面に座る。

まず、ケイト達が事情を説明し、その後、シリウスが運ばれてきた時に対応したシスターが話し始めた。

「あなた達がシリウスさんをこの治療院に運び込んできた時、私は違和感を覚えました。あなた達の目が尋常じゃなく濁っていたのです。あとは、何か悪意のようなものをシリウスさんから感じて、それと同様のものをあなた達からも少しだけ感じたんです」

シスターは記憶をしっかり思い出すように言う。

「すぐに神父様にシリウスさんを監視する許可を取りました。それからずっと見張っていたんですけど、しょっちゅう辺りの様子を窺っているんですよ。たぶん逃亡しようとしてるんじゃないかと思うんですが……」

「十中八九、私達がこの治療院に来る前に抜け出すつもりだったでしょうね。私達に何をしたのかバレたらやばいと思っているのよ」

アイリがそう言うと、シスターがテーブルの上に一枚の紙を置いた。

「私もそう思い、至急シリウスさんのステータスを写したものをギルドに送ってもらいました。しかし、生き物の精神に作用する類《たぐい》のスキルがある事は確認出来ませんでした」

シスターは「けれど」と言って続ける。

「先程お話しいただいたあなた達三人に起こっていた事を踏まえて考えてみて、ある可能性が浮上しました。それはスキル『魔眼』シリーズです。『魔眼』の種類はいくつもあるのですが、一つの例外もなく全てに隠蔽《いんぺい》の効果が付随《ふずい》します。なのでこの『魔眼』シリーズを鑑定の儀やスキル『鑑定』で見破る事は出来ません。しかし、一つだけ方法があります」

「その方法とはなんでしょうか？　わたくし達に教えていただけないかしら」

マルティがお願いすると、シスターは少し間を置いて言った。

「スキル『看破《かんぱ》』です。このスキルでなら、対象者に『魔眼』スキルがあるのかないのかがわかります。どうしますか？　少しお金がかかってしまいますけど、スキル『看破』が使える神官を派遣してもらうように教会に頼んでみますか」

「ああ、よろしく頼む。クロードの人生を、そして私達の心と人生を弄《もてあそ》んだあいつを許すわけにはいかない」

ケイトの言葉を聞いたシスターは、神父にスキル『看破』が使える神官を派遣する事を教会に頼んでもらうようにお願いした。

ケイト達三人には神官が来るまでこの応接室で待機するように言い、代わりのシスターと交代してシリウスを監視するために病室に戻っていった。

しばらくすると、応接室の扉がノックされて神官と付き添いのシスターが入ってきた。

「大変お待たせした。それではこれから、そのシリウスという者が持っているスキルを確認しに行くとしよう」

神官は早々にそう言って、応接室にいた全員を連れ、シリウスのいる病室に向かった。

病室に着いたケイトとアイリ、マルティの三人とシスターと神官は、シリウスが寝ているベッドに近づく。

神官がシリウスに話しかけた。

「お前がシリウスだな。私は教会から派遣されたスキル『看破』を保持している神官だ。今からお前のステータスを全て見させてもらうから、大人しくしているように」

神官がシリウスのスキルを見極めようとすると、シリウスが突然暴れ出し、この場から逃げようと試みた。

しかし、アイリの魔法『シャドウバインド』で拘束《こうそく》されて失敗に終わる。

シリウスは逃げられない事を察して抵抗するのを諦《あきら》めたが、その後も騒ぎ続けた。

「なんで俺様がステータスを調べられないといけないんだ。俺様はSランク冒険者で勇者パーティ候補なんだぞ。そんな横暴が許されるはずがないじゃないか。アイリ、とにかくこの拘束を早く解け」

シリウスがわけのわからない事を叫んでいると、それを聞いていた神官が呆れたようにシリウスに告げる。

「お前は一体何を言っているんだ。お前は勇者じゃない。何十人、何百人といる勇者パーティ候補の一人にすぎないんだぞ。その事を今一度よ〜く認識するんだな。では、改めて、これよりSランク冒険者シリウスのステータスを調べさせていただく」

シリウスの最後の抵抗は全く意味をなさず、神官によりステータスが暴かれた。

「『看破』が終わった。そして、これが判明したSランク冒険者シリウスの真のステータスだ」

【名　前】シリウス（19歳）

【種　族】ヒューマン
【ジョブ】魔剣士（51／100）
【称　号】Sランク冒険者、Sランクパーティ『銀狼の牙』リーダー
【レベル】（34／100）
【能力値】
体　力　4350　魔　力　6290
攻撃力　6380　防御力　5320
魔　攻　6170　魔　防　4290
素早さ　7460　器用さ　3310
魅　力　200
【スキル】
火魔法C（3／10）　風魔法C（5／10）　中級体術B（3／10）
気配探知B（2／10）
【ユニークスキル】
上級剣術A（4／10）　魔撃A（2／10）　魅了の魔眼SS（8／10）

神官は『看破』によって判明したシリウスの真のステータスを紙に写して、ケイト達三人とシスター、神父に見せた。

「この通り、彼はスキル『魅了の魔眼』を所持している。これは『魔眼』シリーズの中でも最も強力な能力の一つ。過去に所持していた者達がろくな事をしなかったから、所持者を見つけ次第、王国に報告する事になっているんだ。まあ、『魔眼』なんで、見つける事自体がとても難しいんだがな」

神官は『魅了の魔眼』を含めた『魔眼』シリーズについて説明しながら、スキル封じの魔術をシリウスにかけて完璧に拘束した。

シスターに衛兵を呼ぶように頼んでいた。

それから数分後、衛兵が治療院にやってきて、拘束されているシリウスを駐屯地《ちゅうとんち》にある牢屋《ろうや》に連れていった。

シリウスが連れていかれるのを見届けたケイトとアイリ、マルティは、あまりにも呆気なく終わったので、少しの間その場で固まっていた。

一緒にいたシスターに呼びかけられて、三人はやっと我に返った。

マルティが治療院の神父に尋ねる。

「神父様、あの……シリウスは今後どうなるのですか？　制裁を加える前に衛兵にあのクズを連行されてしまいましたから、もうわたくし達が罰《ばっ》を与える事は出来ません。せめて国によって相応の罰が下される事をわたくし達は望みますわ」

ケイトとアイリも頷いて賛意を示す。

「全くだ。あいつは私達とクロードとの貴重な時間を奪ったんだからな」

「そうだよね。もう二度と顔を見たくないよ」

「そうですね……これはあくまで私の推測ですが」

神父はそう前置きして問いに答える。

「まず彼は二週間程、衛兵の駐屯地にある牢屋で過ごした後、王都から迎えに来る王国騎士団に引き渡されて王城の地下牢に入れられるでしょう。その後、裁判にかけられる事になると思います」

三人は神父の話に耳を傾けている。

「判決ですが、私個人の見解ですと今回の件は良くて終身刑、悪ければ死刑になるでしょう。何しろ『魔眼』の所持者である事を隠し、勇者候補にまでなった挙句、その力で自分の仲間を都合の良いように操っていたのですから」

神父の話を聞いた三人は納得したような納得していないような複雑な表情で沈黙する。

しばらく静寂があって、再び神父が口を開いた。

「あ、そういえば、話は変わりますが、あなた達三人は今まで彼に『魅了の魔眼』をかけられていたのですから、いつその力による影響が出てくるかわかりません。しばらくは三人とも、この治療院に入院していただきますよ。いいですね？」

それを聞いたケイトとアイリ、マルティは項垂《うなだ》れるのであった。

＊＊＊

三人は神父によって『魅了の魔眼』の影響がないかどうか観察するため、しばらく治療院に入院していたが、一週間後にようやく退院となった。

「皆様は今日をもちまして無事に退院となります。改めましてお疲れさまでした」

治療院の玄関まで見送りに来てくれたシスターがケイト達にねぎらいの言葉を送ると、アイリ、マルティ、ケイトが順番に礼を言う。

「こちらこそ色々とお世話になりました」

「お世話になりましたわ」

「世話になった」

治療院を出た三人はまず、自分達のパーティについての諸々の手続きを済ませるため、そして現在のクロードの居場所と状況を調べるために冒険者ギルドに向かう事にした。

冒険者ギルドに着いたケイト達が受付カウンターに行くと、そこでギルドマスターが呼んでいると伝えられた。

三人は受付嬢と一緒にギルド長室に向かう。

「失礼します。ギルドマスター、Sランクパーティ『銀狼の牙』の皆さんをお連れしました」

「ああ、わかった。入ってくれ」

ギルドマスターの返事を聞いた受付嬢はケイト達三人をギルド長室の中に案内し、部屋を出ていった。

ゴルドの冒険者ギルドマスターの男性がにこやかに話す。

「やあ、君達が来るのを待っていたんだよ。まあ、とりあえずソファーにでも座ってくつろいでくれ。では改めて……経過観察入院、ご苦労様だったね。彼の『魔眼』の影響が表れなくて本当に良かったよ」

「いいえ、こちらこそご心配をかけてしまい、すみませんでした」

三人を代表してアイリがギルドマスターに謝罪する。ギルドマスターはどこか優しげな目でアイリの謝罪の言葉を受け取った。

「君達が謝るような事ではないよ。君達はれっきとした被害者なんだからね。それで話は変わるのだが、今回の問題を起こして連行されたシリウスは、君達のパーティから脱退した扱いとなっている。それにより、君達全員の冒険者ランクがAランクという事を考慮して、パーティランクもAランクになる。君達がこのレベルで仕事が出来るかを確かめるために、BランクとAランクの依頼を一つずつ受けてもらおうと思っているのだが、問題ないか？」

「はい。それについては私達に異論はありません。きっちりとこなさせていただきます。それと少し調べていただきたい事があるのですが、よろしいでしょうか」

アイリがそう聞くと、ギルドマスターは首を縦に振って了承した。

「ああ、私が調べられる事なら。で、一体何を調べてほしいんだ？」

「えっと、一年ちょっと前まで私達のパーティに在籍していたクロードというFランクの冒険者についてなんですけど、今現在どこで何をしているのか知りたいんです。シリウスに操られていたとはいえ、ひどい言葉をさんざん浴びせてパーティを追放してしまいましたから……謝りたいし、出来れば今度は一緒にいたい。どうか調査をお願いします」

ギルドマスターは頷いて言う。

「わかった、調べてみるよ。でも、どんな結果が出ても後悔するんじゃないぞ。冒険者なら明日死んでいてもおかしくないからな」

「はい、お願いいたします」

「よし、三人とも今日は宿に戻って休んで。明日、そうだな、午前中にはギルドに来て、先程言った二つの依頼のうちBランクの方を受けてもらおうか。遅れずにな。では、解散」

ケイトとアイリ、マルティはギルドを出て宿に戻ると、その日は部屋でゆっくりして、そのまま眠りに就いた。

＊＊＊

翌朝——

ケイトとアイリ、マルティの三人は宿で朝食を食べた後、ギルドマスターに提示された依頼を受けるために冒険者ギルドへと向かった。

冒険者ギルドに到着すると、空いている受付カウンターで少し待つ。

順番が来ると、受付嬢に自分達のギルドカードを渡して、ギルドマスターに指名依頼を受けた事を伝えた。

ケイト達がギルドに来たら依頼書を見せるように言われていたのか、受付嬢はすぐに後ろにある棚《たな》からBランクの依頼書とAランクの依頼書を持って戻ってきた。

「受けていただく依頼はこの二つになります。まず、Bランクの依頼ですが、内容はあなた達が先日失敗している『ロック鳥の討伐』。迷宮都市ゴルドの近くにある丘に棲《す》みついたロック鳥の討伐です」

ケイトは一瞬、シリウスの醜態を思い出したが、すぐに頭を振って説明に耳を傾ける。

受付嬢は続けた。

「そして、Aランクの依頼内容は、『グリフォンの討伐、または撃退』。ゴルドから保養地オーセに向かう街道沿いにある村の近くでグリフォンが目撃されました。どうやら、その街道沿いにある森に棲みついてしまったようです。まずは予定通り、Bランクの『ロック鳥の討伐』をこなしてください。では、お気を付けて行ってらっしゃいませ」

依頼を受けたケイト達三人は、気になっていたクロードの事について、何か情報が得られたかどうか受付嬢に聞いてみた。

「昨日、ギルドマスターに調べてもらうようにお願いした事につきまして、何かおわかりになりましたか？」

マルティの質問に、受付嬢は首を横に振る。

「いいえ、私はクロードさんの事についてまだ報告を受けてはいません。本日中には何か情報が上がってきているかもしれませんから、もう少しお待ちいただけますか」

「……そうですの。わかりましたわ。それでは、依頼に行ってきます」

三人はロック鳥を討伐しに、再びゴルドの近くにある丘に向かった。


半日かけて目的地である丘に着いたケイト達は、討伐対象であるロック鳥を探して周辺を歩き回る。

なるべく気配を消しながら探して一時間くらいが過ぎた時、巨大な影がケイト達の頭上を横切っていった。

三人は急いで装備を整えて戦闘態勢に入りつつ、ロック鳥をどうやって倒すか話し合う。

「さて、どうしよっか。あのくそシリウスは、考えなしに魔法を撃ちまくっていたから簡単に避けられていたけど、私達三人で連携して攻撃すれば地上に落とせると思うんだよね。地上でならこっちには接近戦最強のケイトがいるし、私とマルティでサポートすれば問題なく倒せると思うんだけど、どうかな？」

アイリが頭上で旋回《せんかい》しているロック鳥を見ながら提案した。

「そうですわね。その作戦で行きましょう」

「ああ、私も賛成だ。地上に落ちてきたロック鳥の対処も私に任せてもらって大丈夫だ。しかし、連携といってもどう地上に落とすつもりなんだ？」

ケイトのもっともな質問に、アイリは間を置かずに答えた。

「ああ、その方法なら既に考えてあるよ」

アイリはひと息ついてから、再び口を開く。

「まず、私とマルティが魔法を使ってロック鳥の翼を貫いて飛行不能にする。そしたらケイトが墜落してきたロック鳥目がけて攻撃をしかけるって方法よ。シリウスの魔法は届かなかったけど、今回使う魔法は氷魔法の『アイスアロー』と風魔法の『ウィンドストーム』。矢の魔法を風に乗せてロック鳥まで届かせるの」

「なるほどですわ」

「ほら、マルティ、『アイスアロー』を十発くらい準備して。『ウィンドストーム』で射程範囲とスピード、貫通力を底上げするから。左右両方の翼を撃ち抜けば、落ちてくるでしょう。ロック鳥、覚悟しなさい」


いよいよロック鳥との戦いが始まった。

戦いはアイリが考えた、マルティの『アイスアロー』をアイリが『ウィンドストーム』で強化する作戦のおかげで、つつがなく進んでいた。

ついにロック鳥が地上に落下する。

「ケイト、落としたわ。私とマルティはここからはサポートに回るから、あとはとどめまでお願いね」

「ああ、任せておけ」

ケイトはアイリに返事をすると聖剣アロンダイトを構えて、落下して身動きが取れないでいるロック鳥に向かって駆け出した。

マルティは後方に下がって待機、アイリは補助魔法で速度上昇と腕力上昇、攻撃力上昇、防御力上昇の効果をケイトに付与してサポートする。

「これで終わりだ。『エターナルジャッジメント』」

ケイトの聖剣術の大技『エターナルジャッジメント』をもろに喰らったロック鳥は、頭と首から下が綺麗に分かれて、やがて動かなくなった。

ロック鳥を倒した三人は、動かなくなったロック鳥の死体に近づく。

「やっぱり三人で連携して戦うと上手くいきますわね」

マルティの言葉に、アイリとケイトが頷く。

「そうだね。あのくずシリウスに魅了されていた時よりも自分の能力をちゃんと扱えている感じがして、なんだか体がスッキリした気分だったわ。まあ、ここにクロードがいてくれたら、もっと上手く、素早くロック鳥を倒せたと思うけど」

「ああ。クロードは今、どこで何をしているんだろうな……」

三人は話しながらロック鳥の首と魔石を回収し、アイリのアイテムボックスに入れた。

他のモンスターが寄ってこないようにするため、残骸を火魔法で燃やし、その場をあとにする。

その後、迷宮都市ゴルドの冒険者ギルドに討伐完了の報告に向かった。


ギルドに着いたケイト達は、空いている受付カウンターに並ぶ。

ほとんど待たずに順番が回ってきたので、受付嬢にロック鳥の討伐完了を告げた。

「はい。それでは、討伐の証明部位であるロック鳥のくちばしを見せてもらいますので、ギルドの裏の倉庫までついてきてもらって良いですか？　ロック鳥のくちばしは大きいのでカウンターには載りませんからね」

三人は受付嬢に素直に従う。

「「「わかりました」」」

「では、行きましょうか」


ギルドの裏にある倉庫まで来ると、受付嬢が言う。

「それでは、ここに討伐証明部位のロック鳥のくちばしを出していただけますか」

「はい。わかりました」

代表してアイリが答え、指示された通りにアイテムボックスからロック鳥の首を取り出して置いた。

「これで良いでしょうか。ロック鳥の首ごと持ってきてしまったので、そのままなのですが。討伐証明部位のくちばしもちゃんとあります」

「え、ええ、問題ありません。ロック鳥の討伐、お疲れさまでした。報酬を用意しますので、しばらくギルドの待合室でお待ちください」

受付嬢はケイト達にそう言って、足早にギルドの中へと戻っていった。

それを見送った三人は急ぐ必要もないので、ゆっくりとした足取りで待合室に向かう。

そこで言われた通り、受付嬢が呼びに来るのを待った。


約十分後――

受付嬢が三人を呼んだ。

「ケイトさん、アイリさん、マルティさん、受付カウンターまでお越しください」

「どうやら報酬金の用意が出来たみたいね。ケイト、マルティ、行きましょう」

アイリが二人に声をかけ、みんなで受付カウンターに行く。

「お待たせいたしました。こちらが今回の報酬金の五十万メルとロック鳥の魔石の代金である百万メルになります。どうぞお確かめください」

受付嬢から報酬金の入った麻袋を受け取ったアイリは金額を確認した後、百万メルをギルドのパーティ名義の口座に預け、残りを自分のアイテムボックスにしまった。

マルティが今朝と同じように、ギルドマスターに依頼していたクロードを探してもらう件について尋ねた。

「ねえ、受付嬢さん、クロードの居場所と現状の調査についてなんだけど……何か進展はあったかしら？」

「あ、それでしたら、先程、同僚の者がギルドマスターに……あ！　い、いえ、なんでもありません。まだ発見出来ていないとの事です」

明らかに言動がおかしくなった受付嬢。

何かを知っているのはばればれだ。

アイリが追及する。

「ちょっと、あなた今、言いかけて途中で止めたわよね。途中経過でもなんでもいいから、知っている事を包み隠さず教えなさい」

「え、えっと、す、すみません。まだあなた達には言うなとギルドマスターに口止めされていて。私の判断ではお伝えする事は出来かねるので、ギルドマスターに確認に行ってきてもよろしいですか？」

「ええ、わかったわ。私達はここで待っているから、早く確認してきなさい」

アイリがそう言うと、受付嬢は駆け足で二階にあるギルド長室へと向かっていった。

ケイト達が待っていると、数分して受付嬢が戻ってきた。

「ケイトさん、アイリさん、マルティさん、お待たせいたしました。ギルドマスターが、今わかっている事だけでも話すそうなので、ギルド長室まで来ていただけますか」

「わかったわ。みんなも問題ないわよね」

「ええ」

「ああ、私も大丈夫だ」

マルティとケイトの返事を聞いて、受付嬢は告げる。

「では、ギルド長室までご案内いたします」

ギルド長室にて――

「ギルドマスター、ケイトさん、アイリさん、マルティさんをお連れしました」

「ああ、すまないな三人とも、もう少しでこの仕事が終わるから、それまでソファーに座ってくつろいでいてくれ。クロード君の件はその後で話すとしよう。まあ、まだあまりわかっていないのだがね」

それから待つ事十分、ギルドマスターは仕事がようやく終わったのか、椅子から立ち上がって背筋を伸ばす。

ゆっくりとした足取りでケイト達が座るソファーの対面の椅子に腰を下ろした。

「さてと、随分と待たせてしまったね。それじゃあ、現在までに集まった情報を伝えるとするかな」

ギルドマスターはそこで一つ咳払《せきばら》いして、続ける。

「まず、クロード君はつい最近まで王都にいたようだが、その後、保養地オーセへと旅立っていったらしい。王都からオーセまでは結構な距離があるからまだ旅の道中だろう。まあ、あと一日か二日でオーセに着くんじゃないだろうか。で、お前達はどうするんだ。すぐに会いに行くのか？」

「勿論《もちろん》よ。ねえ、マルティ、ケイト」

「ええ」

「ああ、無論だ」

しかし、ギルドマスターの表情は優れない。

「でもなあ、個人的な意見だが、まだ会わない方が良いと思うぞ。世間的にはシリウスが捕縛《ほばく》されて王城の地下牢にぶち込まれる事は国王の命によって隠匿《いんとく》されているからな。お前達があいつに魅了されていた事も表に出ていない」

「だから、なんだ？」

ケイトが尋ねると、ギルドマスターは答える。

「クロードはまだお前達の事を良く思っていないかもしれないってこった。だったら少し時間を置いて、その間にお前達が失ってしまった信頼の回復に努めた方が良いんじゃないか？　それに今はまだ少し噂《うわさ》になっている程度だが、最近になって勇者パーティ候補が何者かに襲われる事件が起きている。お前達はシリウスが抜けたとはいえ、変わらず候補だからな。力をつけておいた方が良い。今のままクロードと合流したら、お前達が襲われた時にクロードも巻き添えをくってしまうぞ」

ギルドマスターの意見を聞いたケイト達は、唸《うな》りながら考え込んでいた。

しばらくすると腹をくくったのか、三人は真剣な顔で頷き合う。

アイリがギルドマスターに言う。

「わかったわよ。私達、強くなってクロードを完璧に守れるようになるよ」

「そうか……頑張るんだぞ」

それからギルドマスターは「そうそう」と言って、話題を変える。

「これはまだ正式に決まったわけではないのだが、勇者パーティの選定が終わる頃——一年後くらいか、王城で勇者パーティ候補達を集めてパーティーを開くかもしれないそうだ。もしそうなったらお前達も参加する事になるから、頭の隅にでも置いておいてくれ。決まったらその時にまた連絡する。あ、クロード君の件も何か進展があったら連絡するからな。それじゃあ、もう帰って良いぞ」

ケイト達はギルドを出て、宿泊している宿へと戻る。夕食を食べ、自分の借りている部屋で眠りに就いた。

＊＊＊

ロック鳥の討伐を行ってからおよそ半年の月日が経過した。

今日もケイトとマルティ、アイリの三人はもっと強くなるためにギルドへと行き、Aランクの依頼を探していた。

ちなみに彼女達は、ロック鳥を討伐したわずか二日後に、ギルドマスターによって用意されていたもう一つのAランク依頼『グリフォンの討伐、または撃退』を見事達成していた。

ただ、成功させたとはいえ討伐する事は出来ず、撃退にとどまった。

三人は自分達の実力が未熟であると痛感して、さらなるレベルアップを目指し、色々な依頼をこなしていた。

ケイト達は今回受けるAランクの依頼を三つ程まで絞《しぼ》った。

一つ目が『フレイムキングリザードの討伐』で報酬金百五十万メル。

二つ目が『エルダートレントの枝の回収と納品』で報酬金百万メル。

三つ目が『サイクロプスの討伐』で報酬金二百三十万メル。

あとはこれらの依頼のどれを受けるかを決めるだけだ。

「ねえ、ケイト、マルティ、私は『フレイムキングリザードの討伐』の依頼を受けるのが良いと思うんだけど。フレイムキングリザードはこの半年の間に一回倒してるから、相手の攻撃パターンもわかるし……二人はどう思う？」

アイリの問いに、ケイトとマルティが答える。

「そうですわね……確かにその選択も良いとは思います。しかし、一回倒した相手ですとアイリの言う通り、相手の攻撃パターンがわかっています。わたくし達がより強くなるための試練としてはいささか優しすぎる気がしますわ。それならばこちらの『サイクロプスの討伐』の依頼の方が相応《ふさわ》しい気がしますわね。ケイトさんはどうかしら」

「そうだな。私達がより強くなるために『サイクロプスの討伐』の依頼を受けたいが……それとは別に問題がある」

マルティとアイリが目で先を促すと、ケイトは頷いて続ける。

「この半年間、しっかりと依頼をこなしていくために全員の装備を新調した事もあって、私達がギルドの口座に預けている資金は、正直心もとない。そして、フレイムキングリザードの倒し方は心得ている」

「だから？」

「ならば『フレイムキングリザードの討伐』と『サイクロプスの討伐』、両方受けてしまってもいいんじゃないか？」

ケイトの意見をアイリもマルティも了承した。

「そうね。今の私達のキャパなら両方受けてもこなせるかもね」

「でも、そうなると体力が必要になってきますわね。今日はいったん休日という事にして、依頼は明日から行う事にしましょう。幸いこの二つの依頼は両方とも期日が四日以内とありますから、無理をせず、余裕をもってやれますわ」

ケイト達は、『フレイムキングリザードの討伐』と『サイクロプスの討伐』の依頼書を受付カウンターに持っていき、手続きを完了させてから宿に戻った。

＊＊＊

翌日の早朝――

ケイトは自分の泊まっている部屋で目を覚ますと、装備を整えて一階の食堂に朝食を食べに下りた。

アイリとマルティは既に起きていて、食堂のテーブルに着いてケイトを待っていた。

「あ、ケイト、おはよう。さっさと朝ご飯を食べてフレイムキングリザードとサイクロプスを討伐しに行こう。わざわざ早起きしたんだしさ」

「そうだな。全員装備は整っているみたいだし、食べ終わったらすぐに出発するか」

「では早いところ朝食をいただいてしまいましょう」

三人はさっさと朝食を食べ終えると、フレイムキングリザードとサイクロプスを討伐しにゴルドを出発した。

出発から一時間弱。

ケイト達はフレイムキングリザードが生息している岩場に辿り着いた。

「みんな、この辺りにフレイムキングリザードを長《おさ》にしたフレイムリザードの巣の穴があるはずだから、見落とさないように注意して進もう」

アイリが言うようにフレイムリザードは岩場に穴を掘って、その奥に何十体と暮らせるような巨大な巣を作って棲みついている。

フレイムキングリザードがその群れにいる場合、ただでさえ大きな巣穴がさらに巨大になり、その中にはおよそ百体のフレイムリザードがいると言われている。

三人は岩肌や地面に大きい穴がないかどうか、慎重に確認しながら岩場を進む。

すると、巨大な岩山の一角に、あやしい穴を見つけた。

「おそらくここがフレイムキングリザードが棲み処にしている巣の入り口みたいだね。魔力探知で穴の中の様子を確認してみるよ」

アイリがそう言って穴の近くに寄り、自分の魔力を穴の中に流し込み始めた。

彼女はしばらく魔力探知で巣の中の様子を探っていたが、突如その手を止め、少し離れたところで周囲を警戒しながら待機していたケイトとマルティのもとに戻ってきた。

「どうしたんだ、アイリ。探知はもう終わったのか？」

ケイトが尋ねると、アイリは答える。

「うん、探知は今さっき終わったところなんだけど、巣の中にいるフレイムリザードが思った以上に多かったから、少してこずりそうかなって思ってさ。一応、二人にも中に入る前に気を引き締めるよう言っておこうかと……でも、その必要はないみたいだね」

「当たり前だろ。私は戦場ではいつも気を張っている。気を緩める時は街中でクロードやお前達のそばにいる時だけだ」

「当然、わたくしもですわよ。アイリ、そんなに心配しなくても大丈夫ですわ。では、まいりましょうか」

ケイトに続いてマルティもそう言うと、アイリは笑った。

「わかった。じゃあ行こう」

そうして三人はフレイムキングリザードがいる穴の中へと入っていった。


人一人がやっと通れるくらいの大きさの穴をしばらく進んでいくと、前方に巨大なドーム状のスペースが現れた。

「うわ、これは大きいね。前に行った事のある巣の何倍あるんだろ。絶対に二倍じゃきかないよね？」

「そうですわね。あ、敵さんもこちらに気付いたようですわよ」

マルティの言葉に、アイリは嫌な顔をしながら的確に指示を出す。

「うわ、本当だ……それじゃあ、周りのフレイムリザードは私とマルティの魔法で蹴散らしていくから、ケイトは先にフレイムキングリザードを抑え込んでおいてくれる？」

「ああ、わかった。二人がフレイムリザードを殲滅し終わるまで、私がフレイムキングリザードの気を引いておこう」

作戦を話し合った三人は、早速行動を起こした。

まず、アイリとマルティが三人のもとに向かってくる大量のフレイムリザードの群れに向かって『アイスアロー』を魔力の続く限り撃ち続けた。

その攻撃により出来た道をケイトが駆け抜けていき、フレイムキングリザードのもとへと向かった。

「はあ、はあ、なんとかケイトをフレイムキングリザードのところまで行かせる道と時間を作る事が出来たね。今度は群がっているこのフレイムリザードを殲滅しないと……マルティ、もうひと踏ん張りするよ。きっちり私についてきてね」

「ええ、わかっていますわ。ふふふ、アイリ、ここが経験値の稼ぎどころですわよ」

アイリとマルティはアイテムボックスからマナポーションを取り出した。

それを一気に飲み干して魔力を回復させると、またフレイムリザードの群れに『アイスアロー』を撃ち始めた。

『アイスアロー』によって出来た道を駆け抜けていったケイトは、そのまま止まる事なく走る。

フレイムキングリザードに辿り着くと、アロンダイトを鞘から抜き、減速する事なくそのままの勢いで『兜割《かぶとわり》』を頭部目がけて繰り出した。

しかし、ケイトが思っていたよりもフレイムキングリザードの頭部の強度が高く、加えて体中から噴出している炎の威力が高かったため、『兜割』の威力は激減。

あまりダメージを与える事が出来なかった。

「やはり、前に倒した事のある個体より格段に強いな。今の私では一人で倒すのは難しいかもしれない。二人が来るまで体力を削りつつ、時間稼ぎをするしかないか」

そう考えたケイトは攻撃の威力よりも速度を上げて、敵の攻撃を回避しながらダメージを与えていく事に決めた。

まずフレイムキングリザードの表皮を覆っている硬い鱗《うろこ》を狙う。

「鱗に亀裂《きれつ》を入れるには、今の私の力を全てのせた重い一撃を何回も叩き込まないといけないわけか……」

ケイトは聖剣術の技の一つである『グラビティクラッシャー』を何度も何度も、力の続く限りフレイムキングリザードの硬い鱗に放ち始めた。

フレイムキングリザードの攻撃を回避しながら、その鱗を破壊するべく剣を振るっていたケイト。

そのかいあって、フレイムキングリザードの防御力はかなり低下していた。

それでもなお、ケイトが攻撃を続けていると、背後から突如、無数の『アイスアロー』がフレイムキングリザードに飛来した。

「ごめん、ケイト！　思いのほかフレイムリザードの数が多くて、殲滅するのに時間がかかっちゃった。でももう大丈夫。私もマルティもマナポーションを飲んで魔力量は全快よ。ここから一気に畳みかけてフレイムキングリザードを倒しちゃおう」

「わたくしも微力ながらサポートいたしますわ。それと、戦闘後の治療はわたくしにお任せしてもらって全然構いませんわよ」

「ああ、二人とも頼んだぞ。さっさとかたをつけよう」

ケイト達は三人でフレイムキングリザードに立ち向かう。

最初に攻撃をしかけたのはアイリとマルティだった。

二人は魔力をためると、氷魔法『アイスジャベリン』を空中に展開、フレイムキングリザードに向けて一斉に撃ち放った。

すると、今までケイトにより鱗を何枚も砕き落とされてむき出しになった敵の表皮に、二人の放った『アイスジャベリン』が突き刺さる。

大ダメージを負ったフレイムキングリザードは、体をよろめかせる。体中から噴出していた炎の威力も目に見えて衰《おとろ》えていた。

アイリが叫ぶ。

「ケイト、今がチャンスよ！　一気に畳みかけてフレイムキングリザードの息の根を止めて」

「ああ、わかっている」

ケイトは聖剣アロンダイトを構え、フレイムキングリザードに向かって猛スピードで走り出した。

「私のこの技で仕留めてやる。喰らえ、『疾風《はやて》の舞《まい》』『風神斬《ふうじんざん》』」

ケイトはフレイムキングリザードの周りを疾風の如く飛び回りながら、強力な斬撃技である『風神斬』を無数に叩き込んだ。

動きを止めたケイトが自分の背後を見ると、そこにはピクリとも動かなくなったフレイムキングリザードの姿があった。

すぐにアイリとマルティが集まってくる。

「ケイト、お疲れさま。結構体力を使ったんじゃないの？　私とマルティで素材は回収しておくから、あなたはヒールポーションでも飲んで少し休憩してなさいよ。これからまだ、サイクロプスの討伐が待っているんだからね」

「そうですわよ。サイクロプスの討伐はケイトさんの近接戦闘がメインになるでしょうし、今のうちにしっかりと休んでおいてくださいまし」

「ああ、わかった。二人の言葉に甘えさせてもらうとしよう」

ケイトはアイリとマルティに促されて、自分のアイテムボックスからヒールポーションを一本取り出した。

それを一気に飲み干した後、その場でアイリとマルティが素材を回収して戻ってくるのを静かに待った。


「お待たせしましたわ、ケイトさん。素材の回収が終わりました。アイリさん、わたくし達も少し休んでからサイクロプスの討伐に行きません？」

「そうね。その方が良いかもしれないわね。あえて連続で挑む事で経験値は得られるけど、それで倒れちゃったら元も子もないし」

ケイトも頷いて言う。

「それじゃあ、あと十分くらい休んでからサイクロプスの討伐に行こう」

「「賛成（ですわ）」」

三人は話し合った通り十分休み、その後、フレイムキングリザードの巣を出た。

サイクロプスの生息場所はフレイムキングリザードの巣があった岩場よりもさらに奥地。

ケイト達はそこを目指して歩き出した。


一時間あまり経った頃――

ケイト達は岩場の奥地に足を踏み入れようとしていた。

「ここからまた環境が変わるっぽいよ。今まで通ってきたところよりも断然険《けわ》しい道のりになりそうだね」

アイリの言葉に、マルティとケイトは頷いた。

「そうですわね。もうこれは今までの道とは全くの別物ですわ。さっきまで通ってきたところは普通の岩場という感じでしたけれど、ここからは岩山の山脈ですわよ。険しい岩山が幾重《いくえ》にも連なっておりますわ」

「確かに、こんな環境でサイクロプスを探し回るのは骨が折れそうだな。まあ、見つけた後も厄介な相手なんだが。よし、二人とも先に進むぞ」

岩場の奥地に足を踏み入れて数十分が経った頃、ケイト達三人の進行方向から凄《すさ》まじい咆哮《ほうこう》が聞こえてきた。

「みんな、この先にサイクロプスがいるかもしれないわ。ここからは今まで以上に気を引き締めて進もう。もしかしたら意外と近くにいるかもしれないからね」

アイリが注意を促すと、ケイトとマルティは頷き返して、各自武器を構えながら先へと進んでいく。

すると、先頭にいたケイトが突然右手を挙げて、アイリとマルティを制止した。

「どうしたの、ケイト？　何か……」

「しっ、静かにアイリ。何かがすぐ近くにいる。みんな、油断せずに周りに集中しろ……っ!?　来るぞ！」

直後、三人がいる場所に何かが迫る。

ケイト、アイリ、マルティは咄嗟に飛びのいてそれを避けた。

彼女達を襲ったのは棍棒《こんぼう》だった。

巨大な棍棒を担ぎ上げて大きな一つ目で悔しそうにこちらを見つめているのは、五メートルを優に超える大きさのサイクロプスだ。

サイクロプスはその巨大な体を動かして、棍棒を今度はマルティ目がけて思いきり振り下ろしてきた。

「ゴアアアッ」

「マルティ、何ボケッとしているんだ。早くそこから離れろ」

ケイトはそう言いながらマルティとサイクロプスの間に割り込んで、聖剣アロンダイトで棍棒をなんとか受け止める。

冷静さを取り戻したマルティは、すぐにその場から離れ、アイリと一緒に『アイスアロー』をサイクロプスの目に撃ち込み、怯《ひる》ませる事に成功した。

その隙を利用して、ケイトはその場からいったん離脱して態勢を整える。

「今のアイリとマルティの攻撃への反応を見るに、サイクロプスの一番の急所は目のようだな。二人は積極的にあいつの目を魔法で攻撃し続けてくれ。私は他のところを……特に足や腕の関節を集中的に攻撃していく」

ケイトがそう言うと、アイリとマルティは頷いた。

「了解。あの大きい目は私達に任せなさい」

「ええ、あの目をつぶして差し上げますわよ」

「ああ、よろしく頼む」

ケイトはアロンダイトを横に構えて、サイクロプスに向かって駆け出していく。

同時にアイリとマルティは『アイスアロー』を空中に展開。一斉にサイクロプスの目へと撃ち放った。

「グッゴガアアアアッ」

百本近くの『アイスアロー』が寸分の狂いもなくサイクロプスの目に着弾した。サイクロプスは両手で顔を覆って苦しそうな叫び声を上げ、体をよろめかせた。

その隙を見逃さず、ケイトは一気にサイクロプスの足元まで辿り着くと、まずは両足の腱《けん》をアロンダイトで滅多《めった》切りにする。

その後、膝の裏の関節を切り裂いて、サイクロプスに膝をつかせた。

「よし、アイリ、マルティ、サイクロプスの動きを止めた。今のうちに顔の周辺を狙って魔法を撃ちまくってサイクロプスを横倒しにしてくれ。そうすればあとは私が奴の首を切り飛ばす。それで終わりだ」

「わかったわ。少し時間がかかるかもしれないから、今のうちに大技でも用意しておいてくれる？今から用意しておけば不測の事態にも対処出来るでしょう」

「ああ、わかった」

アイリに言われて、ケイトは聖剣術の大技『インフィニティセイバー』を使うための力をため始める。

アイリとマルティは出来るだけダメージを与えつつお膳立てが出来るように、魔力残量は気にせず、サイクロプスの目の付近を狙って『アイスジャベリン』を無数に撃ち続ける。

数分すると、よろめき方が少しずつ大きくなってきて、ついにサイクロプスは仰向けに倒れ込んだ。

「ケイト、サイクロプスが倒れたわ。あとは、あなたに任せるわよ」

「ああ、任せておけ」

ケイトは声をかけてきたアイリと、疲れ切って声を発する事が出来なかったマルティに頷いてみせる。

サイクロプスの首元を目がけて、力をため終わった聖剣術の大技を叩き込む。

「喰らえ、『インフィニティセイバー』」

ケイトの声とともに、アロンダイトの剣身がまばゆい光を放ち始めた。

その光が突如巨大な剣身へと変わり、そのままサイクロプスの首をスパッと体から切り離した。

ケイトが、首を失い完全に動かなくなったサイクロプスを近くでしばらく眺めていると、アイリとマルティが寄ってきて声をかける。

「お疲れさま。おお、サイクロプスの首、綺麗に切れてるね」

アイリが切り離された首の切断面を見てそう言った。

「ああ、でも『インフィニティセイバー』は今の私だとまだためにに時間がかかりすぎる。アイリとマルティがそばにいる時しか使う事は出来ないから、私にとっては使い勝手の悪い技なんだけどな」

マルティも息を切らしながら言う。

「まあ、確かにそうですわね。ケイトさんの今後の目標は、サイクロプス程度ならこのような大技を使わずとも討伐出来るようになる事でしょうか」

「ああ、そうだな。それが直近の目標ではあるかな。そういうアイリとマルティの今後の目標はなんなんだ。あ、あくまで戦闘面での目標だからな。『クロードに会う事』なんて言って誤魔化《ごまか》すのはなしだ。良いな」

ケイトにくぎを刺されたアイリとマルティは、「うっ」と一瞬言葉に詰まってから、自分の今後の目標を語り始めた。

「そ、そうね。私の今後の目標は、習得している上位魔法を全てレベル10にして、さらに新しい魔法を覚える事よ。出来れば重力魔法か空間魔法を習得したいわね」

「……わたくしは、回復魔法をレベル10にして、上位魔法である神聖魔法を習得したいと思っていますわ」

アイリとマルティの今後の目標を聞いたケイトは言う。

「二人の目標を聞いていて思ったんだが、私達はまだまだ強くなれるんだな。よし、クロードと再会するまで精進するぞ。それじゃあ、とりあえずサイクロプスの死体を回収してゴルドに戻るとするか」

「賛成（ですわ）」」

しかし、サイクロプスの死体をまるまる全部一人のアイテムボックスに入れる事は出来なかった。

そのため、切り飛ばした頭をアイリのアイテムボックスに、上半身と下半身をケイトとマルティのアイテムボックスにそれぞれ入れてから、三人はその場をあとにした。


三人は、数時間かかって閉門時間の五分前にゴルドに到着した。

ケイト達は門番に挨拶して街の中に入ると、そのまま真っ直ぐ冒険者ギルドへ。依頼達成の報告をしに向かうのだ。

冒険者ギルドに着くと、ガラガラの受付カウンターでAランク依頼の『フレイムキングリザードの討伐』と、同じくAランク依頼の『サイクロプスの討伐』を達成した事を伝えた。

「あと、フレイムキングリザードとサイクロプスの死体はアイテムボックスに入れて持ち帰っている。すまないが、その他の素材も含めてギルドの裏にある倉庫に出しても良いか？」

ケイトが尋ねると、受付嬢は「わかりました」と言って裏にある倉庫まで彼女達を案内した。

倉庫まで来ると、受付嬢が言う。

「それでは、ケイトさん、アイリさん、マルティさん、こちらに素材を出してください。私は解体場の責任者を呼びに行ってきますので、少々お待ちください」

そう言って受付嬢は、倉庫を出ていった。

三人が解体と査定をしてもらう予定の素材を全部出し終えてから数分その場で待っていると、先程の受付嬢がもの凄くゴツイ体格をしたおっさんを連れて戻ってきた。

「大変お待たせしました。こちらの方がこの解体場の責任者……」

受付嬢は言いかけて、目の前に置かれた素材の数に驚く。

「え、えっと……こ、これが今回、解体と査定をする素材でしょうか。思っていたよりも多いですね。所長、大丈夫でしょうか」

受付嬢に話を振られたおっさん――所長が、胸をどんと叩く。

「おいおい、誰に聞いてんだ。大丈夫に決まってんだろ。そうだな、二日で終わらせてやるよ。まあ、今日はもう遅いから実質一日だな」

「わかった。それではよろしく頼む」

ケイトは軽く頭を下げた。

三人が帰ろうとすると、受付嬢が呼び止めた。

「あ、少しお待ちください。ギルドマスターが皆さんにお伝えしたい事があるそうなので、このままギルド長室まで一緒に来ていただけないでしょうか」

受付嬢の言葉を聞いたアイリが思い出して、ケイトとマルティに言う。

「もしかしたらクロードの事で何か新しい情報が手に入ったのかもしれないね。こうしちゃいられない、今すぐにギルドマスターの話を聞きに行こう」

アイリの言葉にケイトとマルティは頷き合って、三人で受付嬢と一緒にギルド長室に向かった。


ケイト達は受付嬢に連れられてギルド長室に入った。

「ギルドマスター、ケイトさん達をお連れしました」

「うむ、とりあえずソファーに座ってくれ」

三人は、すすめられた通りにソファーに座ると、ギルドマスターが用件を話し出すのを待った。

「わざわざこんな時間に呼びつけて悪かったな、お前達。実は伝えておきたい事が二つあってな。そのために呼んだんだ」

「それで、私達に伝えたい事って一体なんなんですか」

アイリが尋ねると、ギルドマスターは一つ咳払いをした後、話し始めた。

「一つ目は、お前達も薄々感づいているとは思うが、クロード君の事だ。今クロード君はクネック辺境伯領の迷宮都市ネックに滞在している事が確認されている。仲間も出来て冒険者ランクもパーティのランクも上がっているようだ」

「そうか……クロードの奴、仲間が出来たんだな。それにいつの間にかBランクになってるなんて、嬉しいような、少し寂しいような……複雑な感じがするな」

「私達の知ってるクロードが少しだけ遠くに行っちゃったような気がするよ」

「お二人とも、そんな事を言ってはいけませんわよ。わたくし達はその強くなったクロード君を支えられるくらいに強くならなければならないのですから。こんなところで立ち止まっている暇はありませんわ」

ケイト、アイリ、マルティが口々に言うと、ギルドマスターは笑みを浮かべる。

「その通りだ、お前達。クロード君と再会するまで、まだ時間はある。その間に存分に強くなればいい」

「そうだよね。よし、ケイト、マルティ、明日からも頑張って強くなろ……って、ん？　ちょっと待って。今ギルドマスター、クロードと再会するまで、まだ半年近くあるって言った？　ギルドマスター、それは一体どういう意味なの。教えてくれるよね」

「ああ、それがお前達に伝えたい二つ目の情報だ。だいぶ前に一度伝えたが、現勇者パーティ候補と新しく選抜された勇者パーティ候補を招いて王城でパーティーをする事が正式に決定した。そしてここからはまだ正式に発表されていないから、王城の極一部と各街のギルドマスターにしか通達されていないんだが……王国は最近の依頼の実績を見てクロードがリーダーを務めているパーティにも目をつけているらしい」

それを聞いたケイト達は息を呑《の》んだ。

ギルドマスターは続ける。

「このまま活躍し続ければ候補になるのは確実。そのリストに載れば、ほぼ間違いなく王城でのパーティーに招かれるから再会の可能性は上がる」

「クロードのパーティがそこまで強くなっているなんて……これはうかうかしてられないね、みんな。私達ももっと精進しないと」

アイリの言葉に、ケイトとマルティも頷く。

その様子を見てギルドマスターも満足そうな表情を浮かべた。

「うん、そうだな。あ、そういえばお前達、ギルドで討伐依頼ばっかり受けているが、ダンジョンには潜らないのか？」

「ああ、その事ね。私達も潜ろうとは思っているんだけど、どのダンジョンにしようか迷っててさ。ギルドマスター、どこかおすすめはない？」

アイリの質問に、ギルドマスターは少し考えてから答える。

「そうだな……お前達にピッタリの難度のダンジョンとなると、このゴルドの街から少し離れたところにあるBランクダンジョン『火の血脈』なんてどうだ。ここは名前の通り、火属性のモンスターが出てくるダンジョンだ。今のお前達が強くなるのにもってこいの場所だと思うぞ」

「わかったわ。明日から私達は、そのBランクダンジョン『火の血脈』に潜って修業してくるわね。素材が集まったら売りに来るから。それじゃあ、今日はもう帰るわね」

三人はギルドマスターに別れを告げ、宿泊している宿に戻った。


そして、月日は流れ、王城で行われるパーティーまであと四日となった日――

ケイト達三人は、王都に向けて迷宮都市ゴルドを出発した。

第三章　王城パーティーとスタンピード襲来編

各冒険者ギルドに設置してある緊急用の転移陣を使って、王都の冒険者ギルドに飛んだクロード達『天の祝福』の面々。

明日、王城で行われる謁見《えっけん》に参加するために、まずは今日泊まる宿を探してチェックインする事にしていた。

早速宿についてギルドの受付嬢に尋ねる。

「すみません。少し聞きたい事があるんですけど、今、時間大丈夫ですか」

クロードが聞くと、受付嬢は頷く。

「はい、大丈夫ですよ。なんでしょうか」

「えっと、ギルドから王城までの間にあって、従魔も泊まる事が出来る宿があれば紹介してもらいたいのですが……」

「従魔も一緒に泊まれる宿ですね。少々お待ちください。ただいま、調べてまいります。あ、お名前をうかがってもよろしいでしょうか」

「クロードと言います。それじゃあ、よろしくお願いします」

クロードはパーティメンバーと一緒に、受付嬢が戻ってくるまで受付カウンターの近くに設けられた待合室で待っていた。

数分後、受付嬢が何かを持って戻ってきた。

「お待たせしました。こちらがクロード様のご希望されていた宿の資料と簡単な地図になります。資料は持ち出し出来ませんので、確認が終わったら返却をお願いします。地図の方はお持ちになって構いません」

「わかりました。ありがとうございます」

渡された資料に一通り目を通して宿泊先を決める。

借りた資料を受付嬢に返してからギルドを出ると、クロードはもらった地図に従ってその宿へと向かった。


宿はギルドと王城の丁度中間辺り、大通りに面した三階建てで、結構大きかった。

クロードは宿の中に入ると、チェックインの手続きをするため、カウンターで受付をしていたお兄さんに声をかける。

「すみません。とりあえず一週間程宿泊したいんですけど、おいくらになりますか」

「はい。ご宿泊ですね。えっと、朝、夕のご飯付きでスイートルームですと百二十万メル、人数分のお部屋をご用意しますと、お客様の場合は……八十五万メルですかね。昼食は別料金となります」

「みんな、スイートルームと別々の部屋と、どっちが良い？」

聞くまでもないと思いつつクロードが尋ねると、やはり全員一致でスイートルームに泊まりたいとの意見だった。

「じゃあ、スイートルームで一週間お願いします」

「かしこまりました。百二十万メル、頂戴しますね……はい、確かに。こちらが三階にあるスイートルームの鍵となります。ではどうぞ、ごゆっくりおくつろぎください」

クロードは受付のお兄さんから部屋の鍵を受け取ると、みんなを連れて三階にあるスイートルームへと向かった。

少ない荷物を部屋の隅に置き、ゆっくりするのだった。


しばらく休んだ後、クロードは宿を出てみんなで王都の街を散策する事にした。

受付で賑わっている場所やものはないか聞いてみると――

「そうですね。今ですと、各国を回って巡業しているサーカス団がこの王都を訪れていまして、丁度大通りの先の広場で公演を行っているみたいですよ。あとは、明後日辺りからその広場で蚤《のみ》の市が開かれるぐらいですかね」

「教えてくれてどうもありがとうございます。参考になりました」

「それなら良かったです。あ、これからお出かけですよね。お気を付けて行ってらっしゃいませ」

クロード達は宿の外に出た。

「さてと、蚤の市は明後日からみたいだから、謁見の日の翌日に行ってみるとして、今日はどこに行こうかな……？　まあ、丁度昼時だし、お昼ご飯でも食べながら考えるか。みんなもそれで良い？」

クロードがそう聞くと、みんなは了承した。

「以前王都にいた時に泊まっていた宿の料理が安いうえに美味くてさ。今日の昼食はそこの宿で取ろう」

ナビー達もそこで構わないと言うので、クロードはみんなを引き連れて以前お世話になっていた女将《おかみ》のマリンと彼女の旦那でシェフのジョブズが営んでいる宿屋へと向かった。

到着して中に入る。

「女将さん、ご無沙汰《ぶさた》しています」

「あらま、クロードじゃない。どうしたんだい、またお金がないからこんな安宿に泊まりに来たのかい？」

「いいえ、違いますよ。今日は、仲間を連れてここの美味しい料理を食べに来たんです。王都に戻ってきたので、挨拶もかねてという事で」

「そうだったのかい。家《うち》の安い料理でよかったらいっぱい食っていきな。あんた達もクロードの仲間なんだろ。遠慮せずに中に入んな」

そこで女将はレイアに目をとめた。

「ん、おや、おや……あんた、もしかしてレイアちゃんじゃないかい!? 体が大きくなっていて気付かなかったけど、立派になって……今、食堂に客いないからさ。あんた達も入ってきな」

本来であればこの宿は従魔を入れる事を禁止しているのだが、今回は特例のようだった。

「女将さん、レイアや子供達まで申し訳ありません」

「なんだい。このちっこい子達はレイアちゃんの子供だったのかい。あ、そういえばあんたがうちを出た日、レイアちゃんのお腹少し大きくなってたね。もしかしてその時の子かい」

「ええ、そうなんですよ。みんな可愛いでしょ」

「そうだね。さあさあ、こんなところで立ち話もなんだし、さっさと中に入んな。さっきからうちの旦那が台所からちょこちょこ顔を出してうずうずしてるからさ」

「はい。みんな、中に入って料理を注文しようか」

そうして、クロード達は美味しい昼食に舌鼓《したつづみ》を打った。


昼食を食べ終えたクロードは、女将と旦那に礼を言う。

「女将さん、旦那さん、相変わらずここの料理は絶品でとても美味しかったですよ。まだ、ネックに戻るまでには時間があるので、それまでにまた寄らせてもらいます。じゃあ、ご馳走様《ちそうさま》でした」

宿を出たクロード達はこの後どうするか話し合った。

「今日はもう二時も回ってる事だし、これから夕食までの時間は各自、自由行動という事にしようか。その方が王都が初めてでもそうでなくても自分なりに楽しめると思うしね」

『それでしたら主様、わたくしは主様と行動をともにしたいと思います。お許しをいただけますか？』

「うん。まあ、レイアがそうしたいって言うなら俺は反対しないけど、本当にそれで良いの？」

『はい。わたくしは主様から片時も離れたくありませんので。ついていきます』

「そうか、わかったよ。それじゃあ、宿の夕食は七時からだから、遅くともそれまでには宿に戻ってきてね。俺とレイアはその辺をぶらぶらしてくるから」

クロードとレイアはみんなと別れて、大通りを広場の方に歩き出した。

広場に向かったクロードだったが、少しすると足を止めて考え始めた。

「みんなには自由行動って言ったけど、商店街は以前王都にいた時に全て見て回ったからな。行くところもないし、冒険者ギルドにでも寄って近場でこなせる依頼がないかどうか見に行ってみるか。レイアもそれで良いかな？」

『はい。わたくしは街を見て回るのも好きですが、やっぱり体を動かす事が出来る討伐依頼の方が向いています。それにモンスターを討伐すればわたくしの力も向上しますし、少なからずお金も手に入ります。お金があればあの子達にもいっぱい食べさせてあげられますから』

「よし、それじゃあ、ギルドに行ってみようか」

クロードとレイアはそのまま冒険者ギルドに向かった。


ギルドに到着し、クロードは扉を開けて中に入る。そのままBランクとAランクの依頼ボードの前で、今回受ける依頼を見繕い始めた。

「う～ん、Aランクの依頼にもBランクの依頼にも近場の討伐依頼はないみたいだな。仕方ない、Bランクで新緑の森とは反対側にある魔の森の湖で古代魚を釣り上げるっていう依頼があるから、これにするかな」

クロードはレイアを連れて受付カウンターに行き、依頼ボードから剥《は》がして持ってきたBランク依頼の依頼書を受付嬢に渡して受理してもらった。

そこで釣竿《つりざお》を借り、魔の森へ足を向けた。


クロードとレイアは、魔の森の入り口に立っていた。

「さてと、受付でもらった簡単な地図によると……目的の湖は魔の森の中心近くにあるらしい。だから湖に着くまでしばらくかかりそうだね。軽食を持ってきているから、途中で少し休憩を挟んでいこう」

『わかりました。では、早速行きましょう』

クロードとレイアは魔の森に足を踏み入れた。

すると、早速Cランクのモンスターの群れに囲まれる。

「全く……森に入って早々ソードラビットの群れに襲われるなんて、今回の依頼は最初っからついてないな。レイア、速攻で始末してくれ。俺はその間にソードラビットの群れの後ろから迫ってきているモンスターを討伐してくる。終わったらここで合流しよう」

『了解しました。主様』

クロードはソードラビットの群れをレイアに任せると、その後方にいたハイオーガ三体とオーガナイト一体を始末しに行った。

周囲をぐるりと囲んだソードラビットの群れと戦う事になったレイアは、迫り来る敵を見据えながら口いっぱいに氷の魔力をため込む。

空中に『アイスアロー』を無数に展開し、それらをソードラビットの群れに目がけて一気に解き放った。

『アイスアロー』の嵐がやみ土埃《つちぼこり》が晴れると、そこにはソードラビットの骸《むくろ》がいたるところに転がっていた。

一方、ソードラビットの群れの後方から迫ってきていたハイオーガとオーガナイトの相手を引き受けたクロード。

右手に持った自作の魔鉄の剣で、すれ違いざまにハイオーガ三体の首を切り飛ばして即死させると、そのまま残りのオーガナイトに対峙する。

間髪《かんはつ》を容《い》れずに剣を下から上に振り上げてオーガナイトの顔を切りつけた。

オーガナイトが怯んでいるうちに一気に足と腕の腱を切り、抵抗出来ないようにして、首を切り落とした。

『主様、こちらは終わりましたよ』

「ああ、俺もたった今終わったところだよ。素材を回収したら先を急ごうか」

『はい』

素材を回収し終えたクロードとレイアは、湖に向けてまた進み始めた。


約一時間歩くと湖に着いた。

早速、受付嬢に教えてもらった古代魚を釣るのに最適なポイントを探す。

「どうやらこの場所がそのポイントらしいな。レイア、俺はこれからここで釣りを始めるから、その間モンスターが近づいてこないように見張っていてくれないかな」

『はい。わかりました。それではこの付近の様子を見てきますね』

「ああ、頼むよ」

クロードはレイアを見送ると、釣《つ》り針《ばり》に餌《えさ》をつけて釣り糸を湖に投げ込んだ。

それから少し経ち――
湖よりもさらに魔の森の中心地に近いところに、クロードは急に巨大な魔力の反応が出現したのを感じ取った。

困惑していると、丁度見回りに行っていたレイアがスキル『光速』まで使って大急ぎで湖まで戻ってきた。

『主様、先程の巨大な魔力を感じましたでしょうか。あの魔力の大きさは明らかにＳＳＳランクのモンスターのものでした。いかがいたしましょうか？』

「確かにもの凄く大きい魔力だけど、何故か全く動く気配がない……とりあえず様子を見てみよう。俺はその間に依頼の古代魚を釣り上げるから、何かあったらすぐに教えてくれる？」

『わかりました』


さらに一時間後――

なんとか古代魚を釣り上げる事に成功したクロードは、釣りの道具を片付けた。その場を撤収しようと準備をしていると、急にレイアが吠《ほ》えてクロードを呼ぶ。

『主様、先程の巨大な魔力の主《ぬし》がこちらに向かって動き出しました』

「何!?　本当なのか」

クロードは慌てて巨大な魔力の動向を確認した。

「本当だ……真っ直ぐこっちに向かってきてる。ここからももうすぐこの巨大な魔力の持ち主の姿を確認出来るはずだ。レイア、やばそうだったら『転移』で王都まで逃げるから俺のすぐそばで待機しておいて」

『はい。わかりました』

そんなやりとりをしていると、巨大な魔力の持ち主が姿を現した。

「う、嘘だろ……あれってド、ドラゴンだよね……？　しかもなんなんだあの大きさは。二十メートル以上あるんじゃないか」

クロードはそのドラゴンの全容を見て放心状態に陥る。

すると突然、頭の中に声が響いてきた。

『おい、そこの人間と犬、お前達ここで何をしている。お前達の答え次第では生きて帰れないと思え。既にこの辺り一帯には魔法無効の結界を張らせてもらった。さあ、わしの質問に答えてもらおうか』

クロードはおそらくドラゴンの声であろうそれを無視して、『転移』を使おうとする。

しかし、ドラゴンが言った通り、結界の効果で『転移』が発動する事はなかった。

『何故魔法を使おうとしている。問答無用で殺されたいのか。それがお前達の望みなら今すぐに叶《かな》えてやっても良いのじゃぞ。ん？』

「わ、わかりました。答えます、答えますから少し落ち着いてください。えっと、俺とこのシルバーフェンリルのレイアは、クリエール王国の王都クエールの冒険者ギルドで依頼を受け、この森にある湖で古代魚を釣り上げるためにやってきました。決してあなたに危害を加えるためにここに来たのではありません。信じてくれますか」

慌てたクロードが早口で言うと、ドラゴンは頷いた。

『うむ、では依頼書があるはずじゃろ。それをわしに見せてみろ。お前達が依頼書を持っていれば信じてやる』

「わ、わかりました」

クロードはアイテムボックスから今回の依頼書を取り出して渡そうとした。

『少し待て』

「どうしました。これが依頼書ですけど……」

『このままの姿ではお互いに話しづらいから、人化する』

どでかいドラゴンがそう言うと、途端にその体が輝き始め、見る見るうちに体が縮んでいった。

そして、光が収まると、そこにいたのは東の最果てにある国の人々が好んで着ている着物姿の二十代半ばくらいの女性だった。

その女性が普通にクロードに話しかける。

「どうじゃ、人間？　これで少しは話しやすくなったんじゃないか。ほれ、早《はよ》うその依頼書を見せ

てみろ」

「は、はい」

クロードは巨大なドラゴンのお姉さん？　に言われた通りに、手に持っていた今回の依頼書を渡した。

「うむ、確かにこの依頼書は本物じゃ。お前達の言っている事は本当のようじゃの。疑って悪かったのじゃ」

「あ、いや、それは別に良いんですけど……あなたは何者で、何故こんなところにいるのですか？」

その質問にドラゴンのお姉さんは頷いて答える。

「うむ、まず、わしはエンシェントドラゴンのマールと言う。龍王国で女王をしていたんじゃが、その……色々あって勝手に女王を辞めて、黙って国を出た。その後、ここで静かに隠居生活をしていたのじゃ」

「そ、そうなんですか……」

「じゃが隠居生活というものは暇で暇で仕方なくてな。これからどうしようかと考えていたところじゃ。そうじゃ、わしをお前達の旅に一緒に連れていかぬか。わしは女王じゃったから、自分の母国とこの国しかよく知らんのじゃよ。わしはもっと外の世界を見てみたいのじゃ」

妙な圧におされて、クロードは了承してしまう。

「ま、まあ、それは構わないです。でもそうすると、俺があなたを『テイム』して従魔にする必要がありますが、良いんですか」

「うむ、わしはそれで全く問題ないのじゃ。あと敬語はいらん。さあ、早うわしを『テイム』するのじゃ。さあ、さあ」

仮にも女王と名乗っていたので聞いたのだが、特に問題ないらしい。

クロードは催促されて、マールにスキル『テイム』を発動した。

マールの体が発光し、しばらくすると光が収まる。

マールの従魔化が完了した。

念のため自分のステータスの従魔一覧を見て、クロードはマールの名前がちゃんと載っているかを確かめた。

「うん。ちゃんと従魔化出来ているみたいだね。よし、もう日も落ちてきたし、少し早いけど王都に帰ろうか。マールの事もみんなに紹介したいしさ」

今まで黙って成り行きを見守っていたレイアが頷いた。

『そうですね。その方が良いでしょう。この後は依頼の達成報告とマールさんの従魔登録もしなくてはなりませんから』

「そうだね。さて、歩いて帰ると少し時間がかかるから、この森の入り口近くまで『転移』で移動するよ。目立つから王都の街までは行けないけどね。マール、この周辺にかけてる魔法無効化の結界を解除してくれる？」

「うむ、わかったのじゃ」

マールが片手を上にあげて力を込めると、よく見ないとわからない薄い膜《まく》のようなものが崩れていった。

「よし、結界を解除したのじゃ。これで転移出来るぞ」

「うん。わかった。それじゃあ、レイア、マール、俺につかまってね。『転移』」

クロードが唱えると、彼らの姿は一瞬でその場から消えた。


魔の森の入り口付近まで移動してきたクロードとレイア、マールは王都に向けて歩き出した。

「ねえ、マール、これから王都の冒険者ギルドに行って依頼達成の報告とマールの従魔登録をしたいんだけど、今の姿だと従魔だって信じてもらえないと思う。とはいえ、元のあの巨大な姿だとそもそも王都まで連れていけないから、ドラゴンの姿の状態で体の大きさを小さくする事は出来ないかな」

クロードが尋ねると、マールが答える。

「なんじゃ、そんな事か。出来るに決まっているのじゃ。どれ、今からやってやるから少し待っておれ」

マールはそう言うと、光りながらまずドラゴンに変身。

その後、どんどん縮んでいき、やがて光が収まると、そこには子犬サイズの大きさになったドラゴンの姿があった。

『これでどうじゃ。この大きさであれば何も問題なかろう』

「うん、これなら大丈夫かな。よし、それじゃあ、王都に向かおうか」


しばらく歩いて王都の城門に着いたクロードは、城門前に出来た列に並ぶ。

十数分後、王都の中に入る事が出来た。

「それじゃあ、みんなにマールの事を紹介する前に、冒険者ギルドに寄っていこうか」

『はい。わかりました』

『うむ、わかったのじゃ』

レイアとマールの了解を得たクロードは、そのまま冒険者ギルドに足を運ぶ。

到着して中に入ると、一番空いているカウンターの列に並んで自分達の番が来るのを待った。

「はい。次の方、ご用件をどうぞ」

「えっと、依頼の達成報告と従魔登録をお願いしたいんですけど」

クロードが用事を伝えると、受付嬢は笑顔で頷く。

「はい。依頼の達成報告と従魔登録ですね。わかりました。それではまず、依頼達成を確認しますので、依頼書と討伐証明部位、もしくは納品物を提示してもらっても良いでしょうか」

「はい。これです」

クロードは受付嬢に言われた通り、今回受けた依頼の依頼書と納品物である古代魚をアイテムボックスから取り出した。

受付嬢はクロードが置いた依頼書と古代魚を手元の資料と見比べてから、再びクロードの方に顔を向けた。

「クロード様、依頼の達成を確認しました。こちらが今回の報酬金の三十万メルです。お受け取りください」

「確かに。これは俺の口座に預けてもらって良いですか」

「はい。わかりました。それでは次に従魔登録との事ですが、登録されるモンスターはどちらですか」

「ええ、このドラゴンを従魔登録したいんですけど、少々事情が特殊で……ギルドマスターにドラゴンの事でお伝えしたい事がありますので、ギルド長室で従魔登録をする事は出来ますか？」

「え、ええ、わかりました。ギルドマスターに確認を取ってきますので、少しここで待っていてください」

受付嬢はクロードにそう言うと、急いで階段を駆け上がりギルド長室に向かっていった。

数分後、受付嬢がギルド長室から戻ってきた。

「お待たせしてすみません、クロード様。ギルドマスターの許可がもらえましたので、その子達を連れてギルド長室まで私と一緒に来ていただけますか」

「わかりました。レイア、マール、一緒に来てくれ」

『はい。わかりました』

『うむ、わかったのじゃ』


クロード達は受付嬢の後に続いてギルド長室を訪れた。

受付嬢が扉をノックする。

「失礼します。ギルドマスター、クロード様と従魔の方々をお連れしました」

「ああ、ご苦労だったな。入ってくれ」

ギルドマスターの許可を得た受付嬢はギルド長室の扉を開けると、クロード達に中に入るように促した。

「どうぞお入りください」

クロード達が部屋の中に入ると、ギルドマスターがクロードに話しかけた。

「やあ、クロード君、久しぶりだね。君が王都をたって以来だから、もうだいぶ月日が経ったな。まあ、立ち話もなんだし、そこのソファーにでも座ってくれ」

ギルドマスターの言う通りにソファーに座る。

レイアはクロードの足元に、マールは膝の上に陣取った。

ギルドマスターが再び口を開く。

「それで、その君の膝の上に載っているドラゴンの従魔登録をしたいそうじゃないか。しかもそれに伴って私に話したい事があるらしいと、そこの受付嬢から聞いている。まあ、とりあえず君の話を聞かせてもらおうか」

クロードはマールに出会った時の事とマールの正体を、包み隠さずギルドマスターに話した。

「……なるほどな。それでわざわざ私のところまで来て、このマールというドラゴンの従魔登録をしたいと言ってきたわけか」

ギルドマスターはマールをまじまじと見つめる。

「まさかこのちっこいドラゴンがただのドラゴンじゃなく、いくつもの伝説や伝承に出てくるあのエンシェントドラゴンで、しかも龍王国の元女王だったとは……驚きすぎて心臓が口から出てくるかと思ったぞ。いや、今も現実味は感じられないがな」

「なんか我儘《わがまま》を言っちゃって本当にすみません。それで、ギルドマスター、マールの従魔登録をお願い出来ますか」

クロードが尋ねると、ギルドマスターは首を縦に振った。

彼は扉の近くに待機していた受付嬢に声をかける。

「すぐにマール様の従魔登録の準備をしろ」

すると、マールが怒ったように口を挟んだ。

『おい、わしの事はマールさんと呼べ。様はいらない。わしは、かたっ苦しいのは嫌いなのじゃ』

「は、はい。わかりました。おい、とにかくここに従魔登録用の魔道具を持ってきてくれ」

「は、はい。ただいまお持ちいたします」

後半は受付嬢に向けての言葉だった。

受付嬢は急いでギルド長室を出て、一階のカウンター裏にある事務所に従魔登録用の魔道具を取りに向かった。

しばらく待っていると、息を盛大に切らした受付嬢が、ギルド長室の扉を勢いよく開けて戻ってきた。

「た、大変……ハアッ、ハアッ、ゴホッゴホッ！　お、お待たせしました。ハアッ、ハアッ、フウ～……従魔登録用の魔道具をお持ちしました」

「ああ、ご苦労様。君、そんなに急がなくても良かったんだぞ。もう下に行ってくれて大丈夫だ。通常業務に戻ってくれ」

「はい。わかりました。それでは失礼します」

受付嬢は扉の前で一礼し、ギルドマスターに言われた通り、ギルド長室を出ていった。

「待たせてしまってすまなかったね、クロード君。それじゃあ、早速、マールさんの従魔登録をしてしまおうか」

ギルドマスターはそう言うと、クロードからギルドカードを受け取った。

従魔証となるネックレスと一緒にカードをセットして魔道具を起動させる。

「よし、マールさんの登録と従魔証が完成したぞ」

そう言ってギルドマスターが出来上がった従魔証をクロードに手渡した。

「ギルドマスター、ありがとうございます。マール、この従魔証を首にかけるけど、良いかな？」

『うむ、大丈夫なのじゃ。さあ、さっさとかけろ』

クロード達の様子を見ていたギルドマスターは、頷いて言う。

「よし、マールさんの従魔登録も無事に終わったな。私はこれからまた書類仕事だから、もう帰って良いぞ」

「もう結構遅い時間なのに、まだこれから仕事をするんですか？」

「ああ、数日後に王城でパーティーがあるだろ。それの準備に必要な書類を今日中に片付けておかないといけなくてな。はあ～、今日は徹夜かな……」

「そうだったんですか。ご迷惑をおかけしてすみませんでした。では、失礼します」

クロードはレイアとマールを連れてギルド長室を出た。


宿に戻ってきたクロードとレイア、マールは、まだ部屋にみんなが帰ってきていない事を確認すると、ゴロゴロしながら帰りを待った。


時間は少しさかのぼり、クロードとレイアが湖でマールに遭遇した頃――

クロードと別行動をとっていたナビー達は、王都にあるいくつかの雑貨屋をはしごしていた。

「やっぱり王都には色んなお店がいっぱいあるね。雑貨屋さんだけでも今日巡ったお店以外にあと五店舗ありそうですよ」

ナビーが楽しそうに言うと、ベロニカが頷く。

「そうだな。流石は王都だ。迷宮都市ネックよりも店がたくさんある。でもまあ、少しチラ見した程度だけど、武器屋や防具屋なんかは王都よりもネックの方が良い品がそろっているように思えたな。まあ、素材が王都よりも充実しているからかもしれないが」

「なるほど、でもベロニカさん、王都にも路地裏の方に行けば隠れた名店があるかもしれませんよ」

「ふむ、確かにその通りかもしれないな。だが今日はもう遅い。明日は謁見だし、明後日はみんなで蚤の市、その次の日はサーカスの公演を見に行くみたいな話も出ていたからな。時間がある時に改めて王都にある武器防具屋巡りをしよう」

「そうなると、王城で行われるパーティーの前日とかでしょうか。そこはまた自由行動にしてもらうよう、宿に戻ったら早速マスターに相談してみましょう」

「ああ、そうしよう。お前達もそれで良いか」

ベロニカが子供達にそう聞いた。

子供達を代表してボロが答える。

『うん。オレ達も自由行動で良いんだぞ』

イリア、レイ、ハロ、リサも頭を縦に振って了承の意を示した。

「よし、それじゃあ、色々決まった事ですし、そろそろ宿に帰りましょうか」

こうしてナビー達は、帰路に就いた。

ナビーは宿に着き、泊まっている部屋の前まで来ると、いつもはない気配を一つ感じたので少し警戒しながら中に入る。

部屋の中に入ったナビー達が目にしたのは、クロードの膝の上で気持ち良さそうに寝ているチビッ子ドラゴンの姿だった。

「マ、マスター、そこ、膝の上に載せている小さなドラゴンは一体なんなのですか。その大きさにしては内から感じられる魔力の大きさというか強さというか……それが桁外れに思えるのですが……」

「あ、みんな、お帰り。この子は今、体を小さくしているから魔力と体の大きさがみんなから見るとマッチしてないんだね」

クロードはそう言ってマールを起こしてみんなに見せる。

「この子の紹介をするね。今日から俺の従魔になったエンシェントドラゴンのマールだよ。なんでも龍王国の元女王なんだってさ。この子は女の子だから、みんなともすぐに打ち解けられると思うよ」

クロードがマールの事を紹介すると、既に知っているレイアと全く気にした様子がない子供達を除いた二人——ナビー、ベロニカは呆《ほう》けた顔をしてしばらくの間体を硬直させていた。

その硬直を解いたのは、先程クロードによって紹介されたばかりのマールだった。

マールはナビーとベロニカの緊張を解くために人間の姿になってから、改めて自己紹介した。

「えっと、わしはエンシェントドラゴンのマールという者じゃ――」

マールは自己紹介を始めたが、今度は彼女が人化した事に驚いたナビーとベロニカはそれに構わずひそひそと話し出す。

「流石はマスターです。今度はエンシェントドラゴンを従魔にしてくるなんて。しかし、なんで龍王国の元女王がこの国の近くにいたんでしょうか」

「全く、クロードの行動は予想が出来ないな。レイアと子供達でも過剰戦力だというのに、その上今度はエンシェントドラゴンだと？　クロードは一体何になろうとしているんだ。凄いという事だけはわかるが、あたいには理解が及ばないよ。はあ～、あたいはなんて男に引っかかってしまったんだ……」

「お、おい、お主ら、わしの自己紹介をちゃんと聞いているのか？　お、お～い、もしも～し、う、クロード、わし泣いても良いかな。こんなに人から無視されたのは初めてじゃ」

ウルウルした目でマールにそう問われたクロードは、何も言わずに彼女を手招きした。

するとマールは体を小さな可愛らしいドラゴンの姿に変えて、クロードの胸に飛び込んだ。その柔らかい体毛をクロードの胸に擦り付ける。

クロードはそんなマールに言い聞かせるように背中を撫《な》でながら言う。

「ナビーもベロニカもマールの事が嫌いで無視しているんじゃないんだよ。ただマールの素性《すじょう》に驚いて頭が混乱しているだけだ。明日また改めて自己紹介しよ」

『うん。わかったのじゃ』

マールはそれだけ言うと、泣き疲れて眠ってしまった。

クロードはマールをベッドに運んで寝かせると、いまだにぶつぶつと何か言いながら自分の世界に入り込んでいるナビーとベロニカに声をかけた。

「お〜い、こっちに戻ってこ〜い」

「え、あ、マスター、さっき龍王国の元女王と言って誰かを紹介していた気がしたんですが、私の気のせいですよね。そんな大物がこんなところにいるはずがありませんしね」

「ああ、そうだな。あたいの気のせいに違いない。もしここに実際にいたのだとするなら、あたいは大変に失礼な態度を取ってしまった事になる」

「残念ながら二人の気のせいじゃないよ。マールはさっきまでそこにいた。今は泣き疲れて眠っているけどね」

クロードがそう言うと、二人の顔色は真っ青を通り越して真っ白になり、そろってベッドの方を向いた。

「……私達、彼女にひどい事しちゃいましたね。今から起こすのも申し訳ないですから、明日の朝起きたら謝らないといけません」

「そうだな。ちゃんと謝ろう」

ナビーとベロニカはようやく現実を受け入れたようだ。

「うん、そうすると良いよ。マールも二人がわざと無視してたわけじゃないってわかってるから。明日の朝謝って、みんなでゆっくりと話して親睦《しんぼく》を深めると良い。謁見は正午からで、それまで時間はあるしさ」

その日はもう遅い時間だったので、もう休む事にした。

＊＊＊

翌日、小さなドラゴン姿のマールが目を覚ますと、ナビーとベロニカが彼女を挟むように、両側から抱きしめながら眠っていた。

『な、ななな……なんなのじゃこの状況はあああ！　だ、だだだ誰か説明してくれえええ！』

自分が陥っている状況を理解出来ずに騒いでいると、ナビーの声が聞こえた。

「あ、マールさん、起きたんですか。おはようございます」

『あ、ああ、おはようなのじゃ……って、違うのじゃ。そうではなく、お前達はわしの事が嫌いなのではなかったのか。だから昨日はわしの事を無視して一向に話そうとしなかったのではないのか!?』

「ああ、それは違いますよ。私達はマールさんの素性が凄すぎて正気を失っていただけですから。マールさんの事を嫌っているわけではありません。昨日マスターもその事を説明したと言っていたんですが……」

『うむ、確かにおぼろげではあるが、そのような話をされた気がするのじゃ』

「う〜ん、んん」

マールとナビーが話していると、今度はベロニカの声が聞こえてきた。ベロニカが上半身を起こして目を擦る。

「ベロニカさん、起きたんですね」

「ああ、実を言うと少し前になんとなく目は覚めていた。二人が話し込んでいたから起きるタイミングが中々見つからなくてな。それとマールさん、あたいもナビーと一緒であなたの事を嫌いなわけではない。まあ、理由はナビーと同じだ」

『そうだったのか。わかったのじゃ。それじゃあ、二人ともこれからよろしくなのじゃ』

「ええ、こちらこそよろしくお願いします」

「ああ、よろしく頼む」

お互いの誤解を解いたマールとナビー、ベロニカはベッドから抜け出すと、リビングへと向かった。

マールはそこで人化して、ナビーとベロニカと談笑していると、クロードとレイアがまだ眠たそうな子供達を連れてやってきた。

「あれ、三人とももう起きてたんだ。そんなに楽しそうに話してるって事は、誤解は解けたんだね」

クロードの言葉に、ナビー、ベロニカ、マールが答える。

「そうなんですよ。私は生まれてから一年くらいですからね。マスターのスキルとして活動していた時期を合わせてもまだ二年ちょっとしか経っていませんから、お二人のお話を色々聞いて勉強しようかなと思いまして」

「マールの話は中々波乱万丈で面白かったぞ。クロードもあとで聞いてみると良い」

「なんじゃクロード、わしの詳しい身の上話を聞きたいのか。お主になら別に話してやっても良いのじゃよ」

クロードはマールのどや顔を見て苦笑いだ。

「あ～うん。今日はこれから王城で謁見だしな……よし、その話は王城から帰ってきてから、部屋でゆっくりと聞く事にするよ。それじゃあみんな、もう朝の九時だし、下の食堂に朝食を食べに行くよ」

朝食を食べ終えた後は、部屋に戻って出発時間までゆっくりする。

予定の時間になると、クロード達は王城に向けて宿を出発した。


王城前の城門に着いたクロードは門番に王城から届いた招待状を見せながら声をかけた。

「すみません。王城から招待状が届いて今日来るようにと書いてあったので、ここまで来た次第です。中に入って良いですか」

門番はクロードが見せた招待状をしっかりと確認した後、頷いた。

「はい。確認が取れました。どうぞお入りください。このまま奥に進みますと大きい扉がありまして、そこが待合室となりますので、係の者が呼びに来るまで待機していただきます。よろしいですか？」

「はい、わかりました。あ、それで、あの、俺、従魔がいるんですけど、連れていっても大丈夫ですか？」

「ああ、今回の謁見では従魔も冒険者パーティの一員として捉えているので、そのままで大丈夫ですよ」

「あ、そうなんですね。わかりました。ありがとうございます」

待合室で待機する事四十分、ようやく係の男性が呼びに来た。

「大変長らくお待たせしてしまい申し訳ありません。あなた達がクロード様率いるAランクパーティ『天の祝福』ですね。本日お呼びした冒険者パーティの方々はあなた達で最後となります。それでは応接室の方へ案内しますので、私についてきてください」

クロード達にそう言うと、係の男性は待合室の扉を開けて外に出るように促してきた。

それから案内に従って通路を歩いていると、少し先の方に少々派手な装飾が施された扉が現れた。係の男性が扉の横で警備をしている二人の兵のうち一人に話しかけた。

「最後の冒険者パーティ、Aランクの『天の祝福』をお連れした。それでは、あとの事はこの者の指示通りにしてください」

後半はクロードに向けて言って、一足先に扉を開けて中に入っていく男性。彼を見送ったクロード達に、先程の兵が声をかけてきた。

「それでは、お声がかかったら中に入って、そのまま真っ直ぐ進んでください。少し入ったところで片膝をついて頭を下げ、国王様のお許しが出るまで決して頭を上げてはいけません」

警備の兵から教わっていると、謁見の間の中から声が聞こえてきた。

「新たな勇者パーティ候補、Aランクパーティ『天の祝福』の皆様がお越しになりました」

「うむ、入るがよい」

王様らしき人の声が聞こえ、目の前の扉が内側から開かれる。

先程中に入っていった係の男性がクロード達に部屋の中に入るように目で促してきたので、先程の指示通りに少し進んで膝をついた。

部屋の奥にある玉座に腰かけた中年の男が、クロード達に話しかける。

「うむ、お主達が最近急激に力をつけてきているというAランクパーティ『天の祝福』か。うむ、何やら内に凄まじい力を秘めているのを感じるな。まあ良い。とりあえず面《おもて》を上げよ。話をしようではないか」

クロード達はそこで頭を上げた。

「ではまず、私から自己紹介しよう。私はクリエール王国第二十六代国王セルド・テラ・クリエールだ。お主達をここに呼んだ理由だが……イグス」

「は、陛下、お任せください。私はイグス・フォン・イングリース。ここクリエール王国の宰相《さいしょう》をしている者だ。では説明に移らせてもらうぞ」

宰相のイグスはそう言うと、早速今回クロード達をここに呼んだ理由を話し始めた。

イグスの話は結構長かった。

要約すると、最近頻発している候補襲撃事件で、勇者パーティ候補の者達が殺害されたり再起不能にされたりして数が減ってしまったため、新たに候補を選定したという事だった。

そして、クロード達Aランクパーティ『天の祝福』も、複数選定された勇者パーティ候補の中に入っていたようだ。

宰相のイグスが話し終えると、それまでじっと黙っていた国王が口を開いた。

「お主達をここに呼んだ理由は今、イグスが話した通りだ。クロードとその仲間達よ、今からお主達の思いを聞きたい。近頃、さらに魔族達の行動が活発化してきている。だから、お主達のような強者の力が必要なのだ。どうか勇者パーティ候補になってはくれぬか」

「……わかりました。その申し出を謹《つつし》んでお受けいたします」

クロードは勇者パーティ候補になる事を了承した。

「おお、そうか、この話を受けてくれるか。そうか、そうか、いやー良かった。お主達のパーティは今回と前回選定した冒険者パーティの中でも、我々が一番期待を寄せていたからな。そう言ってもらえて、ほっとしておるよ」

「え、俺達に一番期待しているんですか？　前回選定されたSランクパーティ『銀狼の牙』ではなくて？」

クロードは、王国がもっとも期待を寄せている冒険者パーティは、彼が前に所属していたシリウスの『銀狼の牙』だと思っていた。

そのため、国王の言葉を聞いても信じられなかった。

「うむ、Sランクパーティ『銀狼の牙』か……あのパーティはな、リーダーのシリウスとかいう奴がパーティメンバーに『魅了の魔眼』で絶大な魅了の効果をかけておったのだ。さらに国家の乗っ取りまで企てていてな。シリウスは拘束されて、今はこの城の地下牢にいるのだよ」

クロードはその話を聞いて心底驚いていた。

「じゃが『銀狼の牙』は今も勇者パーティ候補に名を連ねておるよ。なんでも残ったメンバーで冒険者を続けているそうだ。三日後に王城で行うパーティーにも参加するから、そこで会えるかもしれんな。ところでお主、どうしてそんなに『銀狼の牙』の事が気になっているのだ」

「えっと、その……実は俺も少し前まで『銀狼の牙』に所属していまして。俺は彼らに役立たずと言われてパーティを追放されたんです。そんなトップパーティの『銀狼の牙』の名前が、期待されているパーティとして陛下の口から出てこなかった事をどうも不思議に思いまして……つい聞いてしまいました」

「そうか、なるほど。私がシリウスが捕縛された事について箝口令《かんこうれい》を敷いたから、お主達はその事を知らなかったのだな」

「いや、特に知りたかったとかではないので、気にしないでください」

「うむ。では今日の謁見はこれにて終了とする。お主達、もう帰って良いぞ。また三日後に会おうぞ」

国王はクロードにそう言ってから席を立ち、謁見の間を出ていった。

その後、宰相が一人の兵を連れてクロードに近づいてきた。

「帰りはこの者に出口まで送らせる故、あとはこの者についていってくだされ。ではまた」

「出口までご案内します」

クロード達は案内役の兵の後について城門まで行き、そのまま宿泊している宿へと戻った。


王城から帰ってきたクロードは部屋に戻ると、夕食の時間までくつろぐ事にした。

休み始めてから二時間くらい経った頃、リビングの床でお腹を見せて熟睡していたボロが不意にガバッと起きて、クロードが座っている椅子までしっぽを垂らしながらやってきた。

『ねえ、オレ、お腹減ってきちゃった。ご飯まだ？』

ボロにそう言われたクロードは、部屋に置いてある時計を見て時間を確認した。

「あ、もうこんな時間か。そろそろ下の食堂に行って食事にしようか」

そう提案すると、みんなも了承し、食堂で夕飯を食べた。

その日は謁見などで思っていた以上にへとへとだったので、早めに眠りに就いた。

＊＊＊

翌日。

昨日早く寝た事もあり、いつもよりだいぶ早く起きてしまったクロードは、宿屋の裏庭を借りて剣の素振《すぶ》りをしようと一階に下りた。

食堂で食事の仕込みをしていた女将に許可を取り、裏庭に向かった。


剣の素振りを始めてから四十分程経った頃——

そろそろ部屋に戻ろうと素振りをやめると、宿から裏庭に続く裏口の扉が開いてそこからベロニカが自分の剣を持って出てきた。

「あ、ベロニカ、起きたのか。おはよう。剣を持ってるって事は、ベロニカもここで素振りをするつもりなの？」

「ああ、毎朝の日課だからな。これを抜いてしまうとなんでか体の調子が悪くなるんだ」

「なるほどね。朝食は七時半頃にするつもりだからそれまでにはあがってね。部屋にテントを出しておお風呂の準備をしておくから。じゃあ、俺はお先に失礼するよ」

クロードはベロニカにそう言って部屋に戻る。

ベロニカ以外のみんなはまだ眠っていた。

音を立てないようにしながらリビングにテントを出して中に入ると、さっと風呂の準備をして、素振りでかいた汗を流す。

風呂から出た後は、部屋のリビングで少しの間まったりとくつろいだ。

しばらくすると、部屋の扉が開いてベロニカが入ってきた。

「あ、お帰り。みんなまだ寝てるから今のうちにお風呂に入ってきちゃいなよ。お風呂はそのままにしてあるからすぐに入れるよ。あ、俺が使ったお湯が嫌だったら入れ直せばいいからね。それでも数分で準備出来ると思うから」

「ああ、時間もあまりないし、そのまま使わせてもらうよ」

ベロニカはそう言うと、テントの中に入っていった。


ベロニカが風呂から出た後、アイテムボックスにテントを仕舞っていると、寝室の方からやっと他のメンバーが起きてきた。

「おはよう、みんな。あと十分で朝食の時間だから顔を洗ってきて。レイアと子供達は俺とベロニカが顔を拭《ふ》いてあげるからこっちに来て」

クロードに言われた通り、ナビーとマールは洗面所に顔を洗いに行き、レイアと子供達はクロードとベロニカのところにトコトコ歩いてきた。

「それじゃあ、今日は俺がレイアとボロ、イリアの顔を拭いてあげる。レイとハロ、リサはベロニカにやってもらってね。朝食まであまり時間がないから急ごうか」

その後、一階の食堂で朝食を食べ、部屋に戻って蚤の市に行く準備をすると宿を出た。


クロード達は、蚤の市が開かれている王都の中央広場へとやってきた。

そこには色々な店が出されている。

「さてと、みんなも色々見て回りたいと思うから、ここからは自由行動にする？　マールは人化した状態なら普通に見て回れるし……子供達は誰と一緒に回りたい？」

クロードが子供達に聞いた結果、ボロとハロはベロニカと、イリアとレイとリサはナビーと一緒に蚤の市を回る事になった。

「この蚤の市は結構、大規模みたいだから見て回るのにも時間がかかると思う。午後の二時頃にこの入り口に集合してお昼ご飯にしよう。その後、まだ回れてないところを回るって事で良いかな」

その言葉にみんなが頷く。

こうしてそれぞれ自分の行きたいところに向かって歩き出した。

クロードはみんなと別れた後、武器、防具、魔道具の出店を中心に見て回っていた。

不意に目がいった店に立ち寄って置いてある武器や防具を物色していると、独特の雰囲気を醸《かも》し出している錆《さ》びた刀と古びた革の鎧を発見した。

こっそりとその武器と防具に『鑑定』をかける。

【名前】古《いにしえ》の聖刀
【等級】伝説級
【能力】（絶対切断、不壊《ふかい》、聖の波動）現在使用不可

【名前】青龍の鎧
【等級】伝説級
【能力】（絶対防御、不壊、水の波動）現在使用不可

鑑定結果を見たクロードは、店員に声をかける。

「おじさん、この武器と防具はいくらするの」

「ん？　ああ、合わせて金貨一枚ってところだな。なんだ兄ちゃん、この武器と防具を買うのかい」

「うん。売ってくれる？」

「ああ、良いとも」

クロードはおじさんに代金を渡して、古の聖刀と青龍の鎧を手に入れた。

その周辺の出店を見て回ってから、みんなとの集合場所である蚤の市の入り口に向かう。

集合場所に着くと、みんなはクロードが戻ってくるのを待っていた。

「もうみんな戻ってきてたんだ。遅くなってごめん。それじゃあ、昼食を食べにどこか店を探そうか」

中央広場から程近い場所に従魔入店可能のレストランを見つけたので、クロード達はそこで食事をする事にした。

「さてと、みんなは何が食べたい？　ほら、メニューあるから見ながら決めよう」

それぞれが自分の食べたいものを決めて店員に注文した後、蚤の市で何があったかなどの情報を交換しながら料理が来るのを待った。

しばらくして店員が料理を次々と運んできた。

「ご注文の品はこれでおそろいでしょうか」

「はい」

「ありがとうございます。では、ごゆっくりおくつろぎください」

店員はそう言って厨房の方へと戻っていった。

クロード達は運ばれてきた料理を食べ始めた。

料理を食べ終えて会計を済ませると、また蚤の市が開かれている中央広場へと戻っていった。


それから数時間、みんなで色々な出店を巡り歩いて、各々が気に入ったものを購入し、今日の蚤の市巡りはお開きとなった。

宿へと戻ってきたクロード達は、買ってきたものをテーブルの上に出して見せ合う。

「みんな、見てよ。この刀と鎧なんだけどさ。『鑑定』で調べてみたらもの凄い掘り出しものだったんだ。なんと二つとも等級が伝説級だったんだよ。古すぎて使えなくなっていたけど、俺のスキルがあれば、もっと強力にしてもっと凄い武器と防具にする事が出来ると思うんだ」

クロードは珍しく興奮した口調で語る。

「みんなもこの武器や防具みたいな奴を見つけたら、遠慮なく俺のところに持ってきてね。みんなの専用の武器や防具にしてあげるから。でも、先にスキルのレベルをもっと上げないといけないな……」

その後、今回手に入れた品物を整理してアイテムボックスにしまってから、クロード達は一階の食堂で夕食を食べた。

今日は蚤の市を巡り歩いて疲れていたのか、みんなベッドに入るとすぐに眠りに就いてしまった。

＊＊＊

また次の日――

クロードは朝からベロニカと一緒に剣の素振りをして汗を流した後、テントの中にある浴室で汗を流し、その後、起きてきたみんなと一階の食堂で朝食を食べる。

「みんな、今日は当初の予定通り、午前中はみんなでサーカスの公演を見に行こうと思っているけど、それで良いかな。あ、午後は予定とか何にもないから、好きな事をしてね。また蚤の市に行ってみるのも良いかもしれないよ。昨日とは別の店が出ているかも」

クロードはそう言ったが、特にみんなから反対意見は出なかった。

宿を出たクロード達は、サーカスが開かれている王都の東門の近くまでやってきた。

「お、あれがサーカスが行われている天幕だね。近くで見ると天幕は小さいのに入っていく人の数は凄く多いな。天幕の中を空間魔法で拡張しているのかな」

そんな事を言いながら、みんなを連れて入場列に並んだ。

ようやく天幕の中に入って客席に座り、少し待っていると、やがてサーカスの公演が始まった。


公演は九十分続いた。

面白いサーカスを見終わったクロード達は、昨日と同じレストランで昼食を取る。

その後、一度みんなで宿に戻ってから各々自由に行動する事になった。

ベロニカとレイアは子供達を連れて冒険者ギルドに依頼を受けに行き、ナビーとマールは昨日に引き続き蚤の市で昨日巡れなかったジャンルの出店を中心に回るそうだ。

そして、クロードはというと、特に何もする事がなかったので、宿の裏庭を借りてひとまず剣の素振りをする事にした。


素振りを始めて一時間程が経過して、現在、午後の四時前――

クロードは素振りを終えた。

その時、王都にいた頃にギルドでお世話になった教官にまだ挨拶をしていない事を思い出して、冒険者ギルドへ行く事にした。

冒険者ギルドにやってきたクロードは、扉を開けてそのまま受付カウンターへ行き、受付嬢に声をかけた。

「すみません。ここのギルドにエバンズさんという教官がいると思うのですが……」

「エバンズ教官でしたら当ギルドに在籍していますが、彼に何かご用ですか」

「あ、はい。俺、Aランク冒険者のクロードという者ですけど、ちょっと前にここでエバンズさんには大変お世話になりました。今回、せっかく王都に戻ってきたので挨拶をしようかと思って、立ち寄ったんですよ」

クロードはそう言いながら、自分がAランク冒険者である事を証明するためにギルドカードを受付嬢に見せた。

それを見た受付嬢は、カードに記されているAランクという文字を見て、訝しげだった表情を驚きのそれに変えた。

「エ、エバンズ教官は、ただいま一組の冒険者パーティに訓練をつけているところですので、訓練所までご案内いたします」

受付嬢はそう言うと、クロードを訓練所へ連れていった。

訓練所に着くと、そこでは一人のごついおっさん――エバンズとどこかで見た事のある顔の数人が厳しい訓練をしていた。

「おら、お前達、ついこの間Cランク冒険者に昇格したからって、訓練を緩めると思っているのか。とはいえ、今日はここまでにしてやる。明日はもっと厳しくいくから覚悟しておけ」

エバンズは、ついこの間Cランク冒険者に昇格したばかりの彼女達にそう言うと、チラッとこちらを見て、途端にニカッと笑みを浮かべ手を振ってきた。

「よう。誰かと思ったら、今やAランク冒険者にまで上り詰めたらしいクロードじゃないか。久しぶりだな。王都に戻ってきたのか？」

「俺がリーダーを務めている冒険者パーティが、今度、王城で行われるパーティーにお呼ばれしたので、それに参加するために少しの間帰ってきてるんですよ。それで、せっかく戻ってきたんだから教官に挨拶しようと思って、今日は寄らせていただきました」

「そうだったのか。それにしてもお前もあのパーティーに参加するんだな。ん、って事は何か。お前のパーティ、勇者パーティ候補に選ばれたのか」

「はい。昨日の午前中に王城まで行って、任命されてきました」

「そうか、まあ、大変だと思うが頑張ってくれ」

クロードとエバンズが話し込んでいると、横からさっきまで教官と訓練していた女性達が話しかけてきた。

「あの、私達の事を覚えているだろうか。以前、新緑の森でモンスターに襲われているところを助けてもらった者なのだが……」

「え、えっと……あ、もしかして『女傑《じょけつ》の誓《ちかい》』の皆さんですか!?　お久しぶりです！」

クロードが『銀狼の牙』を追放されて間もない頃、森でオークに捕らわれていた彼女達を助けた事があった。

「ああ、そうだ。覚えていてくれたのか。私達はまだあの時の借りを返していないからな。かと言って、たかがCランク冒険者の私達に何が出来るかわからないが、何か助けが必要な時が来たら、遠慮なく声をかけてくれ」

彼女達はそう言うと、訓練所を去っていった。

クロードとエバンズは『女傑の誓』を見送った後、訓練所で一緒に少し汗をかいた。訓練所に備え付けられているシャワー室で汗を流した後、一階にある酒場兼食堂に向かう。

「しかし見違えたぞ、クロード。少し組み手をしただけだが、お前の力量が格段に向上しているのはすぐにわかった。もう単純な戦闘力だけなら俺を超えたんじゃないか。だが、人間を相手にする時は迷いがあるな。今後の課題は対人戦での戸惑いを払拭《ふっしょく》する事だな」

エバンズが言うと、クロードは苦笑いする。

「あ、やっぱりわかっちゃいましたか。エバンズさんには隠し事は出来ませんね。どうしても人と剣で戦う時に少し躊躇《ちゅうちょ》してしまうんですよ。だから対人戦ではなるべく魔法を使うようにしているんです」

「なるほどな。でもその感覚は覚えていた方が良いぞ。人を殺すのに慣れてしまうのが一番怖いからな。だが、人を殺す覚悟だけはいつも心に持っておけ。その覚悟を持っているのといないのとじゃ、いざ人を殺さないと大切な者を守れないような時、判断を誤る可能性があるからな」

「わかりました。肝に銘じておきます」

エバンズと一時間程話した後、彼は仕事に戻った。

その後、クロードは一人で静かに、注文した紅茶を飲んでゆっくりする。

しばらくすると、ギルドの入り口の方から「わふ〜、わふ〜」と鳴く声が聞こえてきた。

クロードがそちらを向いたのとほとんど同時に、ベロニカ達がギルドに入ってきた。

ベロニカは真っ直ぐ受付カウンターに向かおうとしたが、すぐに酒場で一人、紅茶を飲んでいるクロードを見つけて声をかける。

「クロード、こんなところで紅茶なんて飲んで一体どうしたんだ」

「いや〜、ここの訓練所の教官には結構お世話になっていてね。せっかく王都に帰ってきたんだから挨拶しようと、午後からギルドに来てたんだ。依頼を受けに行くって聞いてたから、ここで待ってればベロニカ達と会えるだろうと思ってね。迷惑だったかな」

「そうか！　あ、いや、迷惑などではない。少しここで待っていてくれ。依頼の達成報告をしてくるから」

そう言うとベロニカはどこか嬉しそうな顔で、受付カウンターへと走って向かっていった。

クロードはベロニカが戻ってくるまで子供達とたわむれながら待つ。

少しして、ベロニカがニコニコ顔でクロードと子供達がいる酒場のテーブルに走ってきた。

「待たせたな。それじゃあ、そろそろ宿に戻るとするか。もう、みんな帰ってきているかもしれないからな」

「うん。そうだね」


宿の部屋に戻ると、既にクロード達以外のみんながそろっていた。

「あ、マスター、ベロニカさん、それに子供達もお帰りなさい」

ナビーが声をかけてくる。

「あれ、そういえばなんでベロニカさん達とマスターが一緒に帰ってきているんですか。確か別々に行動してましたよね。あ、まさか、ベロニカさんだけ抜け駆けですか。ひどいじゃないですか。ちゃんとそういう事はみんなで決めてからやらないと……」

「いや、別に抜け駆けとかしていないんだが。クロードとはギルドでたまたま会ったから、一緒に帰ってきただけだよ。ナビー達が考えているような事は全くない。ま、まあ？　デートとかに誘われたらこちらには断る理由はないけどな」

「なんだ、何もなかったんですね。なんかそれはそれで、なんというか、複雑な気持ちですけど」

ナビーとベロニカが途中から二人で部屋の隅っこに行って話し始めたので、クロードは話の後半がよく聞き取れなかった。

「みんな、そんな事よりもう七時を過ぎている。早いところ食堂に行かないと夕食を食べられなくなるぞ」

クロードに促されて時間を確認したみんなは、急いで服装を整えて一階にある食堂へと向かった。


その後、食堂で夕食を食べ終えたクロード達は部屋に戻ると、久しぶりにみんなで風呂に入ろうという事になった。

クロードはテントを部屋に出してみんなと一緒に中に入る。

早速テントに備え付けてある大きい浴槽にお湯をため始めた。

「よし、みんな、お風呂の準備が出来たから浴室に集合して」

クロードが、テントのリビングでくつろぎながら待っていたナビー達に声をかける。みんなは我先にという勢いで浴室に向かってきた。

しかも今は時期的に暑い事もあって、着ている服はみんな薄着。みんなの透き通るような白い肌が、お腹が、胸元が見え隠れして、クロードは目のやり場に困ってしまい、心臓はドキドキしっぱなしだ。

なんとか精神を落ち着けながら、自分だけみんなより少し先に体を洗い終えて湯船につかる。

次の瞬間、浴室の扉が勢いよく開き、体にタオルを巻きつけた状態のナビーとベロニカとマールが入ってきた。

「な、なんか三人とも色々と際どくないか。目のやり場に困るんだけどな……もっと大きいタオルはなかったの？」

クロードがそう聞くと、ナビーが答える。

「はい、この大きさのタオルしか置いてありませんでした。それと……」

「それと？」

「マスターの私達に対する態度がどうにもはっきりしませんので、この場で明確にしたいと思います。今までにも何度かこのような際どい姿を見せてきましたが、それは全てマスターに見てもらいたかったからです。私達は勿論仲間としてのマスターも好きですが、男としてのマスターも大好きなんです。こんな思いを抱いてしまった私達は邪魔でしょうか？　迷惑でしょうか？」

クロードはナビーの切実な訴えを聞いてすぐに答えを返す事が出来ず、難しい顔をしたまま湯船を出た。

その後、『少し外に出てくる』と書き置きを残して宿を出た。

クロードが浴室を出ていった後、残されたナビー達は、皆一様に沈んだ表情で、その場に立ち尽くしていた。

やっとの思いで浴室から部屋のリビングに戻ってくると、備え付けられたテーブルの上にクロードの書き置きを見つける。

それを読んだナビーは、自分の無神経な言葉のせいでクロードが出ていってしまったと思い込んで泣き出してしまった。

ベロニカとマールはナビーの感情の変化についていけず困惑する。

二人がナビーに何故そこまで泣いているのか尋ねると、どうやらクロードの過去に関係しているらしいと知る。

彼の心の中にはまだ、過去に結婚を誓い合った幼馴染のケイトがいたという事を。

ナビーの語った話により今のクロードの心境を考えたベロニカ達は、ナビーと同様に暗い気持ちになった。

するとその時、クロードが真剣な面持ちで部屋に戻ってきた。

「ただいま」

クロードが顔を上げるとそこには、この世の終わりかのように絶望の感情を体全体から醸し出しているナビー達の姿があった。

「ど、どうしたのみんな？　ま、まさか、俺が外に出ている間に何かあったんじゃないよね。怪我とかしてない？　まさか、暴漢に襲われていやらしい事をされたのか。どこに行った。俺の大切な人達にそんな事をした奴らは、俺は絶対に許さないぞ」

頭に血が上り暴走しかけて宿の外へと飛び出そうとしたクロードに、それまで絶望のオーラを醸し出しながら泣いているだけだったナビーが声をかける。

「あ、あの、マスター。マスターは浴室であんな事を尋ねた私の事が嫌いになって出ていったのではないのですか。私はマスターとケイトさんの事を知っていたのに、まだマスターがケイトさんの事を吹っ切れていないとわかっていたのに、我儘を言ってしまいました。ただでさえ先日、ケイトさん達元パーティメンバーの方々が精神を操られていたのを知ったばかりで、大変だとわかっていながら……」

ナビーはそこまで言うと、また瞳から涙をぽろぽろとこぼし、やがて話せなくなり下を向いた。

そんなナビーを見て、絶望に打ちひしがれていたベロニカ達は彼女のもとに集まって、抱きしめる。

そんな様子を見たクロードは、静かに歩み寄るとみんなを後ろから抱きしめた。

そして自分が宿の外に出ていった理由を話す。

「なんだか誤解しているみたいだから、ちゃんと理由を話すよ。みんな、しっかり聞いてほしい。良いかな」

そう聞くと、みんなは頷いたので、クロードは続ける。

「俺は告白された時、本当はとても嬉しかった。それと同時に前の冒険者パーティで一緒だったケイ姉やアイリさん、マルティさんの事を思い出して、すぐに返事をする事が出来なかったんだ。それで、少し一人で考えたくて書き置きを残して外に行った。それだけだ。誤解させるような事をしてごめん。でもおかげで結論が出たよ」

クロードは、みんなに自分の決意を話す。

「俺にとってみんなは、自分を犠牲にしてでも守りたいと思えるくらいに大切だ。でも、ケイ姉達の事もそんなみんなと同じくらい大事に思っているんだ。だから今度王城で行われるパーティーでケイ姉達に会ったら、俺達と一緒に冒険者パーティを組まないか聞いてみるつもりだ。とても勝手な事を言っているとわかっているけど……」

それを聞いたみんなは、少し考え込むような仕草を見せたが、最後には了承した。

「ありがとう。それでなんだけど、ナビー、君やベロニカ、マールの事は大好きだ。もしかしたら恋愛的な感情なのかもしれない。でも、男女の関係云々《うんぬん》についてはいったん保留にさせてくれないか。簡単に返事をするんじゃなく、全てを整理してからもう一度しっかり考えたい」

クロードがそう言うと、ナビーは笑顔で頷いた。

それから、みんなは疲れてしまったのか、そのままリビングの床で寝てしまった。

クロードはナビー達をベッドまで運んで寝かせてから、ようやく自分も眠りに就いた。

＊＊＊

翌日——

目を覚ますとクロードは、昨日ベッドに寝かせた女の子達に体を絡ませられている状態で寝ていた。

しかも、みんな熟睡しているので一向に起きる気配がなく、動けない。

そのまま二度寝をするしかなかった。

二時間後――

再び目を覚ますと、既にナビー達はいなかった。

クロードが起き上がってリビングの方へ行くと、女の子達とレイア、子供達はソファーでくつろいでいた。

寝そべっている子供達を撫でていたナビーは、寝室から出てきたクロードと目が合った瞬間に顔を真っ赤にして顔をそらす。

他のみんなもそわそわしながらソファーから立ち上がり、ぎこちなく挨拶をしてきた。

「四人ともそんなにそわそわしてどうしたの」

クロードが尋ねると、ナビーが答える。

「い、いえ、その、昨夜マスターに大好きだと言われた事が、今でも信じられなくて。正直、夢なんじゃないかと思ってしまうくらいで……」

「ナビーはこう言っているけど、みんなもそうなの？」

するとベロニカ、マールが頷いた。

「ああ、全く実感が湧いていない」

「うむ、わしもじゃ」

「そうか。それじゃあ、改めて言わせてもらうよ。俺はみんなの事がどうしようもなく大好きだ」

クロードがそう言うと、傍らでその言葉を聞いていた子供達が『私達の事は好きじゃないの』と聞いてきた。

「勿論、お前達の事も大好きに決まってるじゃないか。だって俺達は家族なんだからね」

子供達は嬉しさのあまり、しっぽを盛大に振り回しながら部屋の中を駆け回った。

「あ、こらお前達、そんなに騒いじゃうとお隣さんに迷惑がかかる。あんまりうるさくしないようにね」

クロードが注意すると、子供達は素直に言う事に従った。トコトコとクロードとナビー達が座っているソファーの近くまでやってきて、大人しく撫でられるのだった。


その後、クロード達は宿を出て昼食を食べに、連日お世話になっている従魔歓迎のレストランへと向かった。

そこで昼食を済ませると、これからどうするか、みんなで話し始めた。

「みんなは、この後どうするの？　俺とベロニカは王都の路地裏の方にある武器屋や防具屋を見て回る事になっているんだけど……良かったらみんなも来る？」

「私は雑貨屋さんを回ってきます。良かったらレイアとマールさんも一緒にどうですか」

『そうですね。わたくしはナビーと一緒に行きます』

「わしは、宿に戻って部屋でゴロゴロしながらみんなの帰りを待っているのじゃ」

子供達にもこれからどうするか聞くと、マールと一緒にゴロゴロすると言うので、彼らはマールに任せて、クロードは王都の路地裏へと足を踏み入れた。

それから数時間後――
クロードとベロニカが宿に戻ってくると、先に帰ってきていたナビーとレイアと一緒に、マールと子供達に見て回った店の話をした。

＊＊＊

翌日――

今日は午後の四時から王城で開かれる国王主催のパーティーがある。

それまでの間、何をしようかと考えながら、クロードはみんなを連れて食堂に朝食を食べに向かった。

クロードは特にみんなと会話をするでもなく、この後何をするかを黙々と食べながら考えた。

部屋に戻ってからもしばらく頭を悩ませていたが、子供達が暇そうにしているのを見てある事を思いついた。

「そうだ。空間魔法で亜空間を作って、その中に小さな島を作ってみよう。そうすれば子供達ものびのび過ごせるし、俺達も今後宿に泊まる必要がなくなるかもしれない。まあ、その亜空間を開けるのは俺とナビーしかいないから、俺達がいない場合は使えないけどね。よし、そうと決まれば早速やろう」


亜空間の中に作った島の諸々の設定を終えたクロードが出てくると、丁度王城へ行く時間になっていた。

クロードはみんなと一緒に正装に着替えて、子供達には亜空間に入っていてもらう。

そして、宿を出て王城に向かった。


王城の城門に着いたクロードはパーティーの参加者列に並ぶ。

王城の中に入ると、今回パーティーが開かれる大広間へ、係の者に案内された。

「こちらが今回のパーティー会場の大広間でございます。パーティー開始までもうしばらくお待ちくださいませ」

大広間には既に多くの参加者がおり、用意されている飲み物や食べ物をつまみながらパーティーが始まるのを待っていた。

「さてと、始まるまでまだしばらくかかりそうだし、俺達も飲み食いしながら待っていようか。あ、その前に子供達に食べ物と飲み物をあげるから、少し亜空間に行ってくるよ」

『あ、いいえ、主様、わたくしが行きますよ。主様は、このパーティのリーダーなんですから、ここにいないとダメです』

「わかった。子供達の事はレイアに任せるよ。それじゃあ、亜空間を開くからあとはよろしくね」

『はい。お任せください、主様』


亜空間に送ってから数分、レイアはすぐに戻ってきた。

「レイア、あの子達はどうしてた？　少しの間だけとは言っても、子供達だけで亜空間に入ってもらっているからね。寂しくなかったら良いんだけど」

『いいえ、全然、寂しそうではありませんでしたよ。わたくしが亜空間に入った時は主様が用意してくれた池で泳いで遊んでましたし』

「そう。それは良かった。あ、もうすぐパーティーが始まると思うけど、まだ少し時間があるから今のうちに何か少し飲んでおきなよ」

『はい。そうさせていただきます』

引き続き開始を待っていると、兵士が国王が大広間に到着した事を知らせた。

国王が大広間に姿を見せ、壇上《だんじょう》に設けられた豪華な椅子に座ると、続いて壇上脇から登場した宰相がその隣に立ち、話し始めた。

「皆の者、今日はよくこの王城に参られた。のちほど、陛下のお言葉があるので、それまでゆるりとこのパーティーを楽しんでくれ。以上だ」

宰相はそう言うと隣にいる国王に一礼し、後方に控えた。

その後、招待された冒険者達は、互いに今までどんな街に行ったとか、どんなモンスターを倒したとか自分達のパーティの自慢話を披露し始めた。

そんな者達と距離を取るために大広間の端の方に移動してきたクロードは、前に所属していた『銀狼の牙』のメンバーであるケイト、アイリ、マルティと遭遇した。

「あ、ケイ姉……」

「え……クロード？」

クロード達はお互いにそれだけ言うと、しばらく沈黙がその場を支配した。

その沈黙を破ったのはアイリとナビーだった。

「ケイト、なんでそこで止まっちゃうかな。あなたが固まっちゃうと次の私達がクロードに話しかけにくいじゃない」

「そうですよ、マスター。あんなにどうしているか心配していた彼女達に会えたんですから」

「そうだよね……ごめん、俺が意気地なしだったよ」

クロードはナビーに苦笑いすると、再びケイト達の方を向いて頭を下げた。

「ケイ姉、アイリさん、マルティさん、俺がパーティを追放される前に三人がシリウスに操られている事に気付いてあげられなくて、本当にごめん」

クロードが急に頭を下げて謝ってきたのでケイト達は一瞬呆けていたが、すぐに我に返ると、三人を代表してケイトが尋ねた。

「クロード……私達の事が嫌いになっていないのか。『魅了の魔眼』の効果とはいえ、ひどい事を言ったり、時には暴力をふるったりしたのに、それでもこんな私達の事を嫌いになってないって言うのか」

「当たり前じゃないか。俺がケイ姉やアイリさん、マルティさんを嫌いになるわけがないよ。それに三人とも俺に暴言をはいたり、暴力をふるう時にいつも口元は笑ってるのに、凄く悲しい目をしてた。もしかして何かあるんじゃないかとは思っていたんだけど、あの時の俺は凄く弱かったから自分の事しか考えられなかったんだ」

クロードがそう言うと、ケイト達は両膝を床について、「クロードに嫌われてなくて良かった」と笑みを浮かべながら涙を流していた。

その後、しばらく泣き続けていたケイト達をナビー達が立ち上がらせて、今までにあった事やクロードの事について話して親睦を深めた。

そろそろ頃合いだと思ったクロードがケイト達にパーティ加入の話をしようとした時、壇上に設けられた椅子に座っている国王が話し始めた。

「皆の者、今宵《こよい》のパーティーもそろそろ幕引きの時間がやってきた。最後になるが、私から皆に話がある。しかと聞いてくれ」

しかし、国王が何かを言おうとした時、大広間の大きな扉が勢いよく開かれ、一人の兵士が慌ただしく走り込んできた。

「き、緊急報告！　ただいま、南からモンスターの大群が王都に迫っています！」

兵士の報告を聞いた瞬間、大広間は大パニックに陥った。

国王はすぐにイグス宰相とクロードを含む、ここに集まっている冒険者パーティのリーダー達、そして、報告に来た兵士を連れて大広間から一番近い会議室へ来ていた。

国王は自分の護衛をしている近衛兵に騎士団長と魔法師団長を呼んでくるように言った。それから早速、報告に来た兵士にモンスターの大群について尋ねる。

「して、そのモンスターの大群はあとどれくらいで王都に到達するのだ」

「はっ、はい。観測班によりますと、あと二時間弱との事です」

「そうか……冒険者の諸君、お主達はこの王国の危機を救うために力を貸してくれるかね。お主達はこの国の兵ではないから無理強いは出来ぬ。あくまで命令ではなく頼みだ。大広間に戻って仲間達と話し合い、この戦いに参加するか決めてくれ」

国王が話し終えた時、会議室の扉が開き、四人の兵士が走り込んできて膝をついた。

「緊急報告につき失礼いたします。東の観測班から一万強のモンスターの大群が王都に迫っていると報告がありました」

「西の観測班からも同様の報告がありました。モンスターの数はおよそ五千体です」

「北もです……！」

「な、なんという事だ。東西南北全ての方角からモンスターの大群が向かってきておるのか……」

国王が呆然と呟いた時、またも勢いよく一人の兵士が入ってきた。

「報告いたします。今、王都に迫ってきている全てのモンスターは、王都近隣のいくつかのダンジョンが発生源との事です。その報告を最後に東西南北全ての観測班との通信が途絶えました」

「……そうか。報告ご苦労であった。お主はしばし休め」

「は、では、失礼いたします」

会議室を出ていった兵士と入れ替わりに、騎士団長と魔法師団長が入ってきた。

「陛下、到着が遅くなり申し訳ございません」

「よい、よい、勇者が他国に遠征中で不在の時に……して、冒険者達よ。状況が一気に悪くなった。国に仕えているわけではないお主達は、この国から逃げ出すも残って戦うも好きにすると良い。だが、我らとしては一緒にモンスターの大群と戦ってくれる事を心より願っている。勇者パーティの称号は今回の戦いに参加してくれた冒険者パーティの中から選んで授けるとしよう」

国王にそう言われたクロード達冒険者は、大広間へと戻っていった。

＊＊＊

時は少しさかのぼり、クロード達が王城のパーティーに出席するために宿を出た頃――

王都の東西南北にある四つのAランクのダンジョンの最深部に、それぞれ四人の魔族がいた。

『おい、私の準備は終わっているが、そっちの進行状態はどうなっているんだ。もうそろそろ定刻だぞ』

『流石、お早いですね。魔王軍四天王の一角に名を連ねているだけあって仕事が早い』

『全くだな』

『……』

『よし、作業終了しました』

準備が整った事を知り、一人の魔族が告げる。

『ああ、では、これよりクリエール王国王都クエールの陥落作戦を開始する』

そして、スタンピードが起こされた。

＊＊＊

大広間に戻ってきたクロード達冒険者は、自分のパーティメンバーと合流してこれから始まる戦いに参加するか話し合い始めた。

クロードとケイトもみんなのもとに戻る。

「みんな、察してると思うけど緊急事態が発生した。この王都に東西南北の全方角からモンスターの大群が迫ってきているようなんだ。それで、陛下からは王都に残って戦うか、それとも避難するか選択してくれと言われた。俺とケイ姉は、戦おうと思っている。みんなはどうする」

ナビーが即答する。

「そんなの決まっているじゃないですか。私達みんな、マスターと王都に残ってそのモンスターの大群と戦いますよ。実はマスター達が大広間を出ていった後、気になって『気配探知』で大群の様子を探っていたんです。途中から東や西、北にもモンスターの大群の反応が見られたので、事前に私達みんなで話し合っていました。『天の祝福』も『銀狼の牙』も戦います」

「……わかったよ。あとは、残りの冒険者パーティがどうするかだけど、正直今回の戦いは無理強い出来ないからね。彼らの決断を尊重しよう」

クロード達は一足先に大広間を出て、国王が待っている会議室を訪れた。

「失礼します。『天の祝福』と『銀狼の牙』は、王都に残り戦う事を決めました。つきましては我々の配置や今回の作戦などを話し合いたく、参上いたしました。どうぞよろしくお願いいたします」

国王の表情が明るくなる。

「おお、そなた達は王都に残ってくれるのか。いやぁ、これはありがたい。して、他の者達はどうしておる」

「他はまだ意見がまとまらない者や、既に王都に見切りをつけて避難を始める者、王都の住民の避難誘導に向かった者など、様々です」

「そうか、わかった。ひとまずそちらは待つとしよう。では、作戦会議を始めるぞ」

会議室でしばらく話し合い、クロード達の配置場所なども決まったが、その間にこの会議室に冒険者パーティは現れなかった。

「すまぬな。どうやら我々と一緒に戦ってくれるのはお主達だけみたいだ。とんだ貧乏くじを引かせてしまったようだが、どうかよろしく頼む」

「任せてください、陛下。大丈夫ですよ、俺には頼もしい仲間達がいますから。それにみんなで力を合わせればなんとかなります」

そして、クロード達はそれぞれの配置場所に向かっていった。

異世界に射出された俺、『大地の力』で快適森暮らし始めます!

著 らもえ
『大地の力』で何でもサクサク創造しちゃいます!

理不尽に飛ばされた異世界で……

愉快な人外たちと悠々自適なDIYライフ!!

神を自称する男に異世界へ射出された俺、杉浦耕平。もらったスキルは『異言語理解』と『簡易鑑定』だけ。だが、そんな状況を見かねたお地蔵様から、『大地の力』というレアスキルを追加で授かることに。木や石から快適なマイホームを作ったり、強力なゴーレムを作って仲間にしたりと異世界でのサバイバルは思っていたより順調!? 次第に増えていく愉快な人外たちと一緒に、俺は森で異世界ライフを謳歌するぞ!
●定価：1320円（10%税込） ●ISBN 978-4-434-32310-2 ●illustration：コダケ

没落した貴族家に拾われたので
恩返しで復興させます
六山葵
Aoi Rokuyama
魔法の才で偉くなって
没落した実家を
立て直そう！
悪魔にも愛されちゃう
少年の王道魔法ファンタジー！
あくどい貴族に騙され没落した家に拾われた、元捨て子の少年レオン。彼の特技は誰よりもずば抜けた魔法だ。たまに夢に見る不思議な赤い本が力を与えているらしい。才能を活かして魔法使いとなり実家を立て直すため、レオンは魔法学院に入学。素材集めの実習や友人の使い魔（猫）捜し、寮対抗の魔法祭……実力を発揮して、学院生活を楽しく充実させていく。そんな中、何かと絡んできていた王国の第二王子がきっかけで、レオンの出自と彼が見る夢、そして魔法界の伝説にまつわる大事件が発生して——!?
◎定価：1320円（10%税込）　◎ISBN 978-4-434-32187-0　◎illustration：福きつね

この作品に対する皆様のご意見・ご感想をお待ちしております。

おハガキ・お手紙は以下の宛先にお送りください。

【宛先】

〒150-6008 東京都渋谷区恵比寿 4-20-3 恵比寿ｶﾞｰﾃﾞﾝﾌﾟﾚｲｽﾀﾜｰ 8F
（株）アルファポリス　書籍感想係

メールフォームでのご意見・ご感想は右のＱＲコードから、
あるいは以下のワードで検索をかけてください。

アルファポリス　書籍の感想　検索

ご感想はこちらから

本書は Web サイト「アルファポリス」（https://www.alphapolis.co.jp/）に投稿されたものを、改題・改稿、加筆のうえ、書籍化したものです。

見《み》捨《す》てられた万能者《ばんのうしゃ》は、やがてどん底《ぞこ》から成《な》り上《あ》がる２

グリゴリ

2023年 7月31日初版発行

編集－今井太一・宮田可南子
編集長－太田鉄平
発行者－梶本雄介
発行所－株式会社アルファポリス
〒150-6008 東京都渋谷区恵比寿4-20-3 恵比寿ｶﾞｰﾃﾞﾝﾌﾟﾚｲｽﾀﾜｰ8F
TEL 03-6277-1601（営業）　03-6277-1602（編集）
URL https://www.alphapolis.co.jp/
発売元－株式会社星雲社（共同出版社・流通責任出版社）
〒112-0005 東京都文京区水道1-3-30
TEL 03-3868-3275
装丁・本文イラスト－山椒魚
装丁デザイン－AFTERGLOW
印刷－中央精版印刷株式会社

価格はカバーに表示されてあります。

落丁乱丁の場合はアルファポリスまでご連絡ください。

送料は小社負担でお取り替えします。


ISBN978-4-434-32191-7 C0093